"으흐응?"
달콤한 타액을 모조리
혀로 핥아내고
자신의 것을
들이켜게 한다.
일러스트레이션 : Asahiko

이(異)연(戀)

십오야(十五夜)의 귀환

이연(異戀) ~십오야(十五夜)의 귀환~

초판 1쇄 찍은 날 | 2015년 5월 1일
초판 1쇄 펴낸 날 | 2015년 5월 10일

지은이 | chi-co
그린이 | 아사히코
옮긴이 | 인단비
펴낸이 | 예경원

편집책임 | 박우진
편집 | 오아현

펴낸곳 | 예원북스
등록번호 | 제396-2012-000132호
등록일자 | 2012. 7. 25
YRN | 제6-0015호

주소 | 경기도 고양시 일산동구 무궁화로 8-28 삼성메르헨하우스 712호 (우) 410-837
전화 | 031-819-9431 팩스 | 031-817-9432
http://blog.naver.com/ainandfin
E-mail | ainandfin@naver.com

ISBN 979-11-5630-493-7 03830
ISBN 979-11-5630-756-3 (set)

※ 이 도서의 국립중앙도서관 출판시도서목록(CIP)은 서지정보유통지원시스템 홈페이지(http://seoji.nl.go.kr)와 국가자료공동목록시스템(http://www.nl.go.kr/kolisnet)에서 이용하실 수 있습니다.

hi-Co 글
사히코 그림
단비 옮김
이연 異戀
십오야(十五夜)의 귀환

※ 이 이야기는 픽션으로, 이야기에 등장하는 인물 · 단체 · 사건은 현실과는 무관합니다.

차 례

여름방학에 할머니 집에 놀러간 코미야 치사토는 커다란 창고에서 화려한 골동품이 가득 담긴 궤를 발견한다. 그 빼어난 아름다움에 매료된 치사토는 달콤하게 피어오르는 향기를 맡고 궤 속으로 떨어지고 만다.

정신을 차려보니 치사토의 눈앞에 펼쳐진 것은 난생처음 보는 광경으로, 역사 시간에 배운 헤이안 시대와 매우 닮은 세계였다. 놀란 치사토 앞에 나타난 천황은 상상조차 못할 만큼 난폭하고 심술궂은 남자인데-?!

—지금까지의 줄거리—

십오야(十五夜)의 귀환

~십오야(十五夜)의 귀환~

보름날 밤에……

돌아간다—

십오야(十五夜)의 귀환

이제 시간이 없었다.

시시각각 다가오는 피로연을 피하기 위해서는 어떻게 해야 할까?

더 이상 자신이라는 이질적인 존재가 이 세계 사람들에게 알려지지 않도록 하기 위해서 그 어떤 방법이라도 시도해야 한다.

그리고 반드시 원래 있던 세계로 돌아갈 것이다.

마음이 흔들리기 전에—

*　　*　　*

사카에(榮)는 치사토의 눈앞에서 고개를 깊숙이 조아리고 있었다. 바닥에 짚은 손이 바들바들 떨리는 것은 오늘 아침의 일이 있었기 때문일지 모른다.

코미야 치사토(古都千里)는 그렇게까지 긴장할 필요 없는데…… 라고 생각하면서 콜록 헛기침을 했다.

고작 헛기침 소리에도 어깨를 움찔대는 사카에를 보며 '너무 뜸들이지 않는 게 낫겠구나' 하고 생각을 고쳐먹은 치사토는 거두절미하고 화두를 던져 보았다.

"그런데 말이야, 아침의 그 일말인데……."

"송구스럽습니다. 그런 무례한 모습에 치사토님의 눈길을 닿게 하다니 어찌 사죄를 드려야 할지……."

"아니, 그런 건 됐고."

러브레터를 받고 기쁘게 여기는 것은 자연스러운 일이라고 생각한다. 치사토는 슬프게도 지금까지 러브레터를 받은 적이 단 한 번도 없지만, 그래도 누군가가 자신을 연모하고 있다는 것을 알면 분명히…… 기쁠 것이다.

'우와…… 끔찍한 게 생각났다.'

문득 치사토는 어린 시절부터 괴롭힘을 당하던 것을 떠올리고, 일그러진 입술을 소매로 가렸다. 너무나 연약하게 보였던 탓인지 폭력 같은 거친 수단이 동원되진 않았지만, 어린아이이기에 내뱉을 수 있던 천진난만한 폭언은 치사토의 마음을 깊이 상처 입히기에 충분했다.

'안경잡이'—그렇게 부르기 시작한 그 녀석도, 손을 대지는 않았지만 지긋지긋하게 치사토를 괴롭혀 댔다. 그 시절에는 받아치기도 귀찮아서 포기했지만, 지금 생각해 보면 왜 더 저항하지 않았을까 후회만 된다. 어쩌면 그 반동으로 코요(昂耀)에게 반발할 수 있는 건지도 모르지만.

괴롭힘의 원인 중 하나였던 나쁜 시력은 어떻게 된 영문인지 이 세계에 와서 개선되었다. 안경이 필요 없는 건 철이 든 이후 처음인지도 모른다. 그것만큼은 여기에 와서 잘됐다고 여겨지는 점이었다.

'원래 세계로 돌아가면 시력도 다시 원래대로 돌아가는 거 아냐? ……에이, 설마.'

"치사토…… 님?"

어느새 생각에 잠겼는지 말없이 입을 꾹 다문 치사토에게 사카에가 조심조심 말을 걸었다.

치사토는 황급히 정신을 추슬렀다. 지금은 옛날 일을 반추할 때가 아니다. 사카에에게 꼭 부탁하고 싶은 일이 있었다.

"글자 좀 가르쳐 줘."

"……글자?"

"그러니까…… 편지 쓰는 법? 나는 이 세계의 글자는 모르거든. 기본만 알려줘도 괜찮으니까 가르쳐 줄 수 없을까?"

사카에는 치사토가 무슨 말을 하려는 건지 곧장 이해가 되지 않는지, 당혹스러워하면서 치사토를 보고 있다.

치사토 자신도 갑작스러운 말이라고 생각했지만, 그래도 지금 취할 수 있는 연락 수단은 이것밖에 떠오르지 않았다.

"부탁해, 응?"

양손을 맞대고 고개 숙이며 부탁하자 사카에는 한층 더 당황해서 고개를 저었다. 이대로 가다가는 십중팔구 거절당하겠군……. 치사토는 작전을 변경하기로 했다.

"아키마사(彰正)한테 편지를 쓰고 싶거든. 지금 그 녀석, 바빠서 느긋하게 시간을 내지도 못하는 것 같더라고. 편지라면 부끄러워서 말 못하는 것도 쓸 수 있잖아. 사카에, 도와줄 거지?"

코요의 이름을 내자 사카에의 반응이 백팔십도 변해, 묘하게 흥분한 것처럼 눈을 반짝이며 몸을 앞으로 쑥 내밀었다.

"폐하께 연문을 보내려는 마음이신가요?"

"어……?"

"평소 치사토님께서는 조신하게 폐하를 향한 연정을 늘 숨기고 계시지만, 저희에게는 치사토님의 마음이 전해지고 있습니다."

"아…… 그래?"

어쩐지 굉장한 오해를 하고 있는 것 같다. 방금 한 말의 어느 구석에 코요를 사랑하는 마음이 엿보였던 걸까. 아니, 그 전에 지금까지 말로도 태도로도 코요를 좋아한다고 보인 적은 전혀 없었을 텐데.

곧바로 부정하고 싶지만 이 계획을 실행하는 데는 꼭 사카에의 존재가 필요하기 때문에 치사토는 경련이 일어날 것 같은 뺨에 억지로 미소를 띠고 말을 이었다.

"뭐, 그런 거지. 괜찮지? 응?"

지금 그 반응을 보면 틀림없이 받아들여 주리라고 확신했지만, 사카에는 황송하옵지만, 이라면서 여전히 주저했다.

"그런 중임은 소인보다는 마츠카제(松風)님이 적임이 아닐까 하고……."

"아, 아니, 잠깐만."

"하오나 마츠카제님께서는 학식이 있사옵니다."

"그런 게 아니고 말이야."

마츠카제에게는 절대로 들키면 안 된다. 예리한 그녀는 치사토가 무엇을 해도 그 이면까지 생각하고 시시콜콜한 것까지 다 코요에게 보고할 것이다. 그렇다면 지금 생각하는 계획이 다 물거품이 된다.

'어떻게 해서든 사카에가 고개를 끄덕이게 해야 돼!'

치사토는 몸을 앞으로 내밀고 바닥에 짚은 사카에의 손을 잡았다. 급작스러운 일이라 놀란 사카에가 뭐라고 말하기 전에 치사토는 그 손을 꼬옥 쥐면서 간절히 부탁했다.

"마츠카제는 완벽주의라, 아키마사한테 편지를 보내도 좋다고 허가를 받을 정도로 숙달되려면 언제가 될지 모르잖아. 사카에, 조금만, 진짜로 오십음(五十音, 일본어의 음절을 5단 10행으로 배열한 일람표)만 가르쳐 주면 되니까."

"……오십음…… 말씀이신가요?"

"아이우에오 하는 그거."

"아이우에오……."

"응…… 어? 몰라?"

"'아'나 '이'라면 압니다만……."

"아, 그렇구나."

사카에와 이야기하는 사이에 치사토는 자신의 지식과 이 세계의 상식에 커다란 차이가 있음을 새삼 깨달았다.

평범한 일본인이라면 '오십음'이라고 하면 통하지만 이

세계의 인간은 상식이 완전히 다르다.

역사 시간에 배웠던 헤이안 시대의 읽기 쓰기 사정이 어땠더라…… 하고 돌이켜보려 해도 마음이 조급하면 조급할수록 머릿속이 백짓장이 되었다.

그러면 어떻게 할까, 간신히 생각해 낸 치사토는 사카에에게 말해 종이와 붓을 준비해 달라고 했다. 평상시에는 볼펜이나 샤프를 쓰지, 붓은 수업 시간 이외에는 만져 본 적이 없다. 수업 시간이라 해도 대부분 낙서를 하면서 시간을 죽이던 것이나 마찬가지다.

"잘 봐봐."

"네? 네."

치사토는 흥미롭게 자신의 손을 들여다보는 사카에의 시선을 의식하면서 부드러운 붓끝을 비틀비틀 움직여서 종이에 칸을 그렸다.

'으음…….'

다음은 그 칸에 오십음을 한 칸씩 사이를 두고 쓰고, 다 쓰고 나서 고개를 들어 사카에에게 물었다.

"'아' 라는 글자, 여기에 써 줄래?"

"'아'?"

아이우에오 같은 배열은 몰라도 히라가나는 분명히 이 세계에서 쓰이고 있을 것이다. 그렇다면 자신이 아는 배열에 맞춰서 '아' 옆에 이 세계의 '아'를 써달라고 하면 외우지는 못해도 그럭저럭 따라 쓸 수 있지 않을까.

"여기에…… 말씀이십니까?"

사카에는 아리송한 표정을 짓고는 있었지만 치사토가 말하는 대로 글자를 써주었다.

치사토가 아는 히라가나와 그렇게 다르지 않은 모양이라 간략한 편지라면 쓸 수 있을 것 같다.

치사토는 자기도 모르게 새어나올 것 같은 웃음소리를 필사적으로 죽이고 사카에에게 감사인사를 했다.

"고마워. 이다음은 혼자서 공부해 볼게."

"저, 치사토님."

"일하러 가도 괜찮아. 정말 고마워."

사카에는 무슨 말을 하고 싶은 표정이었지만, 치사토의 그 말에 고개를 조아리고 물러났다.

그 모습이 사라지고 나서 치사토는 방금 만든 표와 눈씨름을 하면서, 우선 새 종이에 자신이 전하고 싶은 것을 써보았다.

"……쓰기 어렵다……."

치사토에게 붓은 볼펜 같은 것과는 다르게 다루기 어려운 물건이었다. 먹물을 너무 많이 찍으면 번지고, 곡선도 잘 그리지 못하고. 이 세계의 히라가나는 흐르는 것 같은

선이 많아서, 그것을 충실하게 모방하기는 매우 어려웠다. 그러나 키요시게(清重)에게 연락을 취할 방법은 이것밖에 없었다.

사이죠 키요시게(西條清重).

좌대신 사이죠 토키시게(西條時重)의 적남이자 장인(藏人)의 차관. 두중장(頭中將)이라고 불리는 그와는 묘한 인연으로 알게 되었다. 코요의 처문(妻問)으로부터 도망친 저택에서 만나 치사토를 숨겨준 그는, 말하자면 자신의 상사를 배신하는 것이나 마찬가지라, 치사토가 큰 폐를 끼친 것이다.

아무래도 직위를 박탈당하는 일은 없었던 모양이지만 더 이상 대놓고 접촉할 수는 없다. 그런 짓을 저지르면 이번에야말로 돌이킬 수 없으리라는 것도 알고 있다.

하지만 도움을 청할 수 있는 상대가 키요시게밖에 없다는 것도 사실이다.

이 세계에서 황제라는 지위를 가진 코요는 압도적인 힘을 가지고 있고, 주위에는 그야말로 실력 좋은 남자들도 수두룩하다. 치사토를 시중드는 마츠카제와 사카에도 치사토를 편들어주지만 코요 천황의 가신이라는 점은 마찬가지라, 무수한 감시의 눈이 치사토를 휘감고 있는 것이다.

아버지의 직위 강등으로 코요에게 생각하는 바가 있는

듯 보이는 키요시게는 다른 신하들처럼 맹신적인 충성을 바치는 것처럼 보이지 않았다. 오히려 어딘지 모르게 반발심을 품고 있는 것처럼 느껴지는 키요시게가 아니면 코요에게서 도망치고 싶어 하는 치사토를 도우려 들지 않을 것이다.

단지, 치사토가 몇 번인가 키요시게와 접촉한 탓에 코요도 그를 상당히 경계하고 있다. 부하인 좌근위대장(左近衛大將), 나카츠카사 토모유키(中司知之)도 치사토의 경호를 맡고 있어, 그 눈을 빠져나가 도망치는 것은 도저히 무리다.

그래도—

"그래도…… 도망가야 해……."

비록 원래 세계로 돌아가는 것이 이루어지지 않아도, 이대로 저항도 없이 코요와 살아가는 사태는 치사토의 자존심을 쿡쿡 자극한다. 남자인 자신이 남자와 결혼하다니, 쉽사리 받아들일 수 없다.

마지막 순간까지 가능한 한 저항하고 싶었다.

"……다 됐다!"

치사토는 힘겹게 완성한 예문을 훑어보았다. 스스로는 언뜻 보면 무엇이 쓰여 있는지 모르겠지만, 이 세계의 인간이 알아보기만 하면 된다.

일어선 치사토는 누군가를 부르려고 복도로 나갔다. 그러자,

"어디에 가시는 겁니까."

"앗!"

입구에 서 있던 나카츠카사가 말을 걸어왔다. 감시한다는 것을 알고 있어도 정말 여기에 있었던 건가 생각하면 자신의 작전이 들통 난 게 아닐까 싶어 절로 그 얼굴에 시선이 간다.

여전히 신경질적인 표정의 미남자는 치사토의 시선에 나긋하게 눈살을 찌푸렸지만, 그래도 여전히 아무 말도 하지 않는다.

만약 수상하다고 느꼈다면 나카츠카사는 대놓고 물어봤을 것이다. 이 태도를 보아하니 아무래도 사카에와 한 대화는 못 들은 것 같아서 안심했는데, 요주의 인물인 이 남자는 재빠르게 치사토가 손에 들고 있는 것에 시선을 돌렸다.

"그것은……."

한순간 뒤로 숨기려고 했다가, 문득 이건 좋은 기회가 아닐까 하고 생각을 고쳐먹었다.

'의외로 가장 객관적으로 봐줄지도 몰라.'

코요 천황 측에 붙어 있는 나카츠카사는, 치사토가 도망치려 한다면 그 행위를 반드시 저지할 것은 알고 있다. 하

지만 그 이외에 관해서는 어떨까. 치사토에게 그다지 좋은 감정을 가지고 있지는 않겠지만 임무에 충실한 이 남자는 코요 천황의 정실인 치사토의 소원을 무작정 거절하지 않는 것은 아닐까. 이 편지가 이 세계의 인간에게 통할지 어떨지, 코요에게 건네주어도 될지 어떨지 좋은 판단 기준이 되겠거니 생각한 치사토는 나카츠카사에게 그것을 내밀어 보았다.

"……이것은?"

"한번 읽어볼래요?"

"……."

의외로 순순히 그것을 손에 든 나카츠카사는 흘끗 보더니 아까보다 더 의아스러운 표정을 짓고 입을 열었다.

"'나는치사토입니다오늘은날씨가좋네요'."

"네?"

나카츠카사의 담담한 말에 일순간 얼이 빠졌던 치사토는 곧바로 깨달았다. 이 세계의 히라가나는 사카에에게 배웠지만 단어나 문장을 끊는 법을 배우지는 않았던 것이다.

편지를 쓸 때 머릿속에서 무의식적으로 변환했는지 이상하다고 생각지는 않았지만, 지금 나카츠카사가 입 밖으로 내어 말하는 것을 듣고 자신의 실수를 새삼 깨달았다. 하지만 지금부터 사카에를 불러내서 다시 가르쳐 달라고 할 시간은 없다. 게다가, 다소 이상하긴 하지만 의미는 제대로 통할 것이다…… 아마도.

하지만 나카츠카사는 어땠을까 하고 치사토는 그의 얼굴을 쳐다보았다.

"무슨 뜻인지 알겠어요?"

"문장 그대로 말하자면 이름과 날씨에 대한 내용인 것 같습니다만."

"정답!"

기쁜 나머지 자기도 모르게 크게 외쳤다. 아무래도 제대로 통한 모양이다. 모사는 성공한 것이다.

"고마워요!"

"치사토님?"

"그럼 이만!"

그것만 알면 즉시 작전을 실행하는 것밖에 없다. 들뜬 발걸음으로 방으로 돌아간 치사토는 그 뒷모습을 나카츠카사가 찬찬히 뜯어보고 있었다는 것을 전혀 눈치채지 못했다.

치사토는 다시금 편지를 두 통 썼다.

한 통은 코요에게 보내는 것이다. 사카에에게 이유랍시고 아키마사의 이름을 댔으면서 한 통도 안 쓰면 도리어 이상하다.

그리고 또 한 통은 오오카(櫻花)에게 보내는 것이다. 일전에 놀러갔을 때에 대한 감사 인사와 걱정 끼쳐서 미안하다는 내용이지만…… 실은 그 편지 속에 또 한 통, 키요시게에게 보내는 편지를 끼웠다. 오오카의 편지에는 요전번의 실례를 직접 만나 사죄하지 못하니 편지를 전해달라고 부탁했다.

치사토가 키요시게에게 편지를 보내도 의심받지 않을 이유를 궁리한 것이다.

지난 번 일로 오오카에게는 많은 심려를 끼쳤다고 생각은 하지만, 조금만 더 도와줬으면 싶었다.

다른 사람이 읽지 못하게 적당히 종이를 접었다. 봉투만 있으면 간단한 일이지만, 없는 것을 아쉬워해도 어쩔 수 없지.

"치사토님, 아직 자리에 들지 않으셨사옵니까?"

그러던 참에 마침 마츠카제가 과자를 가지고 왔다. 그 뒤에는 사카에도 함께 있다.

"아, 마츠카제."

"예."

치사토의 분위기를 보고 뭔가 말할 것이 있다는 것을 눈치챈 마츠카제가 옆에 와서 무릎을 꿇었다. 그녀가 기모노를 가지런히 정돈한 것을 보고 나서 치사토는 편지 한 통을 내밀었다.

"이거, 아키마사한테 전해줄 수 있어?"

"이것은……."

치사토가 내민 편지를 보고 마츠카제는 상당히 놀랐다. 아무래도 사카에는 치사토에게 글자를 가르쳐 준 것을 마츠카제에게는 비밀로 한 것 같다. 살짝 시선을 돌리자 이렇게 일찌감치 편지를 다 쓴 것에 사카에도 놀라고 있는 듯했다. 치사토는 깜짝 놀라게 한 데 대해 우월감도 느끼면서 마츠카제에게 말을 계속했다.

"편지. 내가 하고 싶은 말이 쓰여 있으니까."

"……종이와 붓은 누가……."

"소, 소인입니다."

"사카에?"

마츠카제의 질문에, 사카에는 황급히 고개를 숙였다. 치사토가 무리하게 부탁해서 가져다준 것이지만, 책임자인 마츠카제를 제치고 준비한 것은 별로 좋은 일이 아니었는지도 모른다.

"송구스럽습니다."

"마, 마츠카제, 내가 부탁한 거야, 사카에는 전혀 잘못한 거 없어!"

자신 탓에 사카에가 야단맞을지도 모른다고 생각하면 가

만히 입 다물고 볼 수 없어서 몸을 내밀자, 마츠카제는 사카에에게 고개를 들라고 말했다. 그리고 다시금 치사토에게 몸을 돌리고는,

"정말이지 기쁜 일이옵니다."

그렇게 말하고 웃었다.

"치사토님이 친히 폐하께 편지를 진상하고자 마음을 쓰시다니 이토록 기쁜 일이 또 있겠습니까. 게다가 사카에도 치사토님을 섬기는 궁녀입니다. 제가 없을 때에는 다른 사람에게 무엇이든 분부를 내려주시옵소서."

"으, 으응."

"게다가 치사토님의 편지라니, 폐하께옵서 얼마나 기뻐하실지. ……마침내 폐하의 어심을 받아들이실 각오가 되셨군요."

아무래도 마츠카제는 이번 일을 좋은 쪽으로 받아들인 모양이다. 의심받는 것도 곤란하지만 이렇게나 기뻐하는 모습을 보니 왠지 큰 죄책감이 느껴졌다.

치사토가 내민 편지를 공손하게 받아 들고 소중하게 바라보는 눈빛이 가슴을 찌른다.

"사카에, 뜨거운 물과 옷감을."

"네, 네!"

"마츠카제?"

갑자기 무슨 소리를 하는 걸까 하고 고개를 갸웃거리자 마츠카제는 눈을 가늘게 뜨고 가르쳐 주었다.

"옥수가 먹으로 물들었사옵니다."

"앗!"

그 말을 듣고 비로소 치사토는 자신의 손이 먹으로 까매진 것을 눈치챘다. 글을 쓰는 데 열중하고 있었고, 다 쓴 편지를 봤을 때는 종이도 깨끗해서 미처 거기까지 신경이 미치지 못했다.

사카에가 곧바로 준비해 온 온수로 천을 적셔, 마츠카제는 정중하게 손가락 끝까지 닦아 준다. 자기 손으로 할 수 있다고 해도 아무래도 그렇게 해주지 않았다.

"옷은 더러워지지 않았어?"

"아니요, 깨끗하옵니다."

"그래?"

'다행이야. 이렇게 비싸 보이는 기모노를 더럽혔다가 어떻게 변상해.'

세탁소에서 얼룩을 빼달라고 해도 이런 기모노를 깨끗이 하는 것은 상당히 힘들 것이다. 씻으면 되는 손보다 그쪽이 신경이 쓰인 치사토는, 마츠카제의 대답을 듣고는 안심하고 가슴을 쓸어 내렸다. 마츠카제는 깨끗이 먹을 씻고 나서 그 물과 천을 사카에에게 치워달라고 부탁하고 다시금 치사토에게 몸을 돌렸다.

"그럼, 즉시 폐하께 올리겠사옵니다. 사카에, 뒷일은 모쪼록 잘 부탁한다."

"예."

"치사토님, 폐하의 답장을 고대해 주십시오."

이렇게 말하고 떠나는 마츠카제를 사카에와 함께 배웅한 치사토는 무의식적으로 안도의 한숨을 내쉬었다. 일단 이 자리에서 들키지는 않은 모양이다.

제일관문을 돌파한 치사토는 힐끔 사카에를 돌아보았다. 마츠카제에게 야단맞지 않은 데다가 뒷일을 맡긴다는 말까지 들어서 그런지, 기쁘게 웃고 있는 얼굴이 귀엽다.

'조금만 더 힘을 빌려줘.'

"사카에."

치사토는 사카에의 이름을 불렀다.

* * *

"마츠카제가?"

집무 중에 알현을 청하는 것을 보면 어지간히 긴급한 용건이리라. 그리고 그 용건은 거의 틀림없이 치사토에 대한 것이라고 짐작한 코요는 곧바로 들여보내라고 명을 내렸다.

오늘 아침에 대단히 소란을 피웠다는 보고는 받았지만 도망치거나 무엇인가를 꾸미는 모습은 아닌 것 같았다. 나카츠카사를 붙였으니 그 남자가 옆에 있으면 분별없는 짓은 저지르지 않으리라고 신뢰는 하고 있지만, 치사토는 하여간 엉뚱한 짓을 저지르는 데 도가 텄으니 조심하고 또 조심하는 게 낫다.

"폐하."

얼마 되지 않아 마츠카제가 모습을 드러내 코요 앞에 무릎을 꿇고 깊숙이 고개를 숙였다. 입실할 때 손에 든 것을 알아차렸지만, 코요는 일부러 말하지 않고 마츠카제의 말을 기다렸다.

"황송하옵게도 정무 중에 실례하였사옵니다."

"괜찮다. 치사토한테 무슨 일이 있었는가?"

기다리려고 생각해도 역시 아무래도 신경이 쓰여서 이쪽이 먼저 치사토의 이름을 꺼내자 마츠카제는 무슨 영문인지 키득키득 웃었다.

"아직 용건도 말씀드리지 않았사옵니다만."

"치사토 일이 아니더냐?"

그 이외에 무엇이 있다는 말인가.

"그렇사옵니다. 이것을."

마츠카제도 그런 코요 천황의 생각을 읽었는지, 애태우지 않고 손에 든 것을 내밀었다. 그것은 편지와, 가지 달린 도라지 꽃 한 송이였다. 그 연보라색 꽃은 아직 싱싱해서 방금 꺾은 것임을 알 수 있다. 하지만 그것과 치사토가 어떻게 이어지는지 전혀 짐작이 가지 않았다.

"이것은?"

"치사토님의 편지이옵니다."

"치사토가?"

코요는 무심코 마츠카제의 손에서 그 편지를 거의 잡아채었다. 하지만 지금 자신의 행동을 누가 꾸짖을 수 있겠는가. 치사토는 코요가 생각하지도 못할 일을 자주 벌이지만 자신에게 편지를 쓴다는 엉뚱한 짓을 할 줄은 꿈에도 상상하지 못했다.

눈앞에 마츠카제가 있기 때문에 가능한 한 침착한 척하려고 애썼지만 생각과는 달리 손이 살짝 떨리는 것을 숨길 수 없었다.

하지만 그 마음을 잘 아는 마츠카제는 웃지 않았다.

코요는 설레는 마음으로 겨우 편지를 펼치고 단숨에 그것을 읽었다. 그런데 의미가 전혀 머릿속에 들어오지 않았다.

"'피로연까지날내버려둬요이상한짓도하지말고'……."

결코 달필이라고 할 수 없는 글자. 게다가 단락 구분도 없이 쓰여 있어서 읽기가 힘들었다.

하지만 몇 번이나 되풀이해서 읽는 동안에, 느낌이긴 하지만 치사토가 무슨 말을 하고 싶은지 전해졌다. 요컨대 잠시 자기를 내버려 두라는 말이다.

'아마도 잠자리를 가리키는 말이겠지.'

코요에게는 조금도 이상한 일이 아닌 데다 일단 안으면 치사토 자신도 이성을 잃을 정도로 희열을 느낀다. 치사토는 그런 자신을 부끄럽게 여기고 있는 것 같은데, 코요에게 이미 몸을 맡겼다는 뜻이니 느껴도 상관없지 않은가.

코요는 편지에 뒤이어 도라지꽃에 시선을 옮겼다.

"이것은 네가?"

"폐하."

"치사토가 이런 데까지 생각이 미칠 거라고는 도저히 생각할 수 없으니 말이다."

좋게도 나쁘게도 어린애인 치사토가 사랑의 줄다리기를 알 턱이 없다. 치사토라면 이렇게 꽃을 곁들여서 상대의 연정을 부추기는 짓을 할 리가 없다.

"하오나 편지를 쓰신 것은 치사토님이십니다. 종이도 붓도 친히 찾으셨다고 하옵니다. 치사토님의 마음이 폐하께 향하고 있다고 믿으셔도 무방하지 않을는지요."

그렇다면 얼마나 기쁠까 생각하면서도 코요는 그 편지를 소중히 품에 집어넣었다. 치사토에게 처음으로 받은 편지다. 적어도 조금만 더 이렇게 몸에서 떼지 않고 가지고 다니고 싶다.

그러나 마냥 들뜬 기분으로 있을 수는 없다는 것도 충분히 알고 있다. 지금 이 중요한 때에 이런 일을 하는 치사토의 행동에는 어떤 의미가 있다고 생각해야 한다.

기쁘긴 하지만 그렇다고 해서 얼간이처럼 굴 생각은 없었다.

"피로연 준비는 모두 갖추어졌다. 마츠카제, 그날까지 치사토에서 눈을 떼지 마라."

"예."

치사토는 피로연을 피하려고 필사적이다. 물론 치사토가 본심으로 코요의 정실이 되는 것을 아직 기꺼이 여기지 않는 것은 알고 있었고 치사토에게 실컷 휘둘리기도 했지만, 그렇다 해도 기피하려는 모습은 너무나도—

'무슨 생각이 있는가 보군.'

조용히 일어선 코요에게, 지금까지 묵묵히 일을 하던 문관들이 말을 걸었다.

"폐하, 어디로 가시옵니까……."

"치사토에게…… 아니, 그 전에 들를 곳이 있다."

"하오나 아직 정무가 있사옵니다!"

"사랑하는 아내에게서 처음으로 편지를 받았느니라. 헤아리거라."

신하들은 그 말을 듣고 코요 천황가 치사토를 얼마나 아끼고 있는지 알았을 것이다. 지금까지 세상을 떠난 전 황후를 포함해서, 연애를 정무보다 앞세운 적은 없었기 때문이다.

이제 와서 치사토가 무슨 생각을 해도 도리가 없다. 어떤 수단을 생각하고 있어도 자신이 꼭 붙들고 놓지 않으면 된다.

'거참, 손안에 얌전히 있질 않는군.'

아무리 치사토를 사랑스럽게 여기고 그가 바라는 것은 모두 들어주고 싶어도, 그것이 이 손안에서 도망치는 것이라면 어떻게 용서를 하겠는가.

아직도 좋지 않은 계략을 꾸미는 치사토에게는 한 번 더 단단히 쐐기를 박아두는 것이 나을지도 모른다.

'도망치는 일은 절대로 이루어지지 못하리라고 말이지.'

한 걸음 방을 나온 코요는 황급히 다가오는 장인의 모습을 보았다.

"폐하!"

남자는 코요 천황의 모습을 보자 곧장 그 자리에 무릎을 꿇었다. 그러나 그 어느 때보다 침착하지 않은 코요는 부드럽게 눈살을 찌푸렸다.

“무슨 일이냐.”

“저어, 좌대신님이!”

“사이죠?”

“네! 좌대신님이 입궐했습니다.”

생각지도 못한 이름에 코요는 그 찰나에 많은 생각을 했다.

인사 관련으로, 코요 천황과 태정대신(太政大臣) 하기노 코세츠(萩野降雪)에게 깊은 원한을 가지고 있는 좌대신 사이죠. 물론 황제인 코요에게 대놓고 반의(叛意)를 보이지는 않지만, 무슨 좋지 않은 흉계를 꾸미고 있다는 것은 파악하고 있었다.

애초에 지위가 높았고 부왕 대에 작은 공로도 세웠으니 지금의 지위에 머무르게 했지만, 그것이 결과적으로 잘한 일인지 어떤지는 모르겠다.

“……무슨 일로 왔다던가?”

“그게, 치사토님을 한번 배알하고 싶다고 하셔서!”

“……안 될 일이다.”

“폐하!”

“일부러 오늘 만나지 않아도 피로연이 있지 않느냐. 그

때에 정식으로 만나게 하겠다고 전하거라."

시간이 없다는 것은 핑계다. 사이죠가 치사토와 만나서 무슨 말을 할지 무슨 생각을 할지. 피로연을 내일로 앞두고 있는 지금, 불필요한 불씨는 떠안고 싶지 않다.

"허, 허나……."

"알겠느냐."

아직도 더 말하고 싶은 표정의 장인을 두고 코요는 걷기 시작하였다.

잠시 후 도착한 치사토의 방 앞에서는 나카츠카사가 미동도 하지 않고 지키고 있었다. 자신의 모습을 보고 나서 계속 낮추고 있던 머리를 들라고 말하고, 코요는 방 안에 시선을 돌리면서 말했다.

"별고는?"

"없습니다."

"찾아온 사람도 없느냐."

"예. 오늘은 조용히 방에 계십니다."

항상 무슨 문제를 만드는 치사토를 비아냥대는 것인지, 무표정하게 그렇게 말하는 나카츠카사의 말을 듣고 무심코 웃음을 터뜨렸다.

"마음 편해서 좋지 않으냐."

"조용하면 조용한 대로 뭔가 있진 않을까 하는 기우가

듭니다. 치사토님은 조신한 공주님이 아니니까요."

"하하하."

자신의 아내에 대해 이렇게까지 말하면 보통은 화가 머리끝까지 치솟겠지만, 그것도 그렇다고 납득해 버리고 웃음밖에 나오지 않는다. 그런 자신을 수상한 눈초리로 보는 나카츠카사는 정말로 착실한 남자다. 나카츠카사에게 치사토의 신변 호위를 부탁한 것은 역시 정답이었다.

"자네라면 여기를 맡겨도 안심이야."

"폐하."

"이제 얼마 안 남았어. 부탁하네."

"존명."

나카츠카사에게 이렇게 말해두고 코요가 치사토의 방에 들어갔을 때 시야에 튀어 들어온 아담한 몸은 작게 웅크리고 있었다. 아니, 아무래도 책상 앞에 앉아 있는 모양이었다.

"……."

코요는 곧바로 말을 걸지 않고 잠시 그 모습을 바라보았다. 치사토는 붓을 놀리는 데 몰두했는지, 코요가 곁에 있는 것을 아직도 눈치채지 못했다. 그만큼 존재를 받아들인 것이라고 생각하면 기쁘지만 다른 사람도 아닌 치사토다. 필경 어린애처럼 열중하느라 다른 것이 눈에 안 들어오는 것뿐이겠지.

신하라면 코요 천황을 최우선으로 생각하고 있기 때문에 그 기척이 나거나 목소리가 들리거나 하면 즉시 엎드린다. 여인이라면 더더욱, 총애를 받기 위해 필사적으로 아양을 떨 것이 틀림없다.

'치사토만은 다르지만 말이다.'

본래라면 불경하다고 생각할 일이라도 치사토라면 웃어넘기고 용서하고 만다. 그만큼 자신의 마음이 강하다는 것을 뼈저리게 느껴서 코요는 입가에 쓴웃음을 지었다.

그러나 언제까지나 보고 있을 시간은 없다. 이러고 있는 사이에도 일은 산적해 있어, 어서 돌아가지 않으면 문관들이 울상을 지으며 마중 나올 게 틀림없다. 그렇지 않아도 급히 집행하게 된 피로연 준비 탓에 사람들에게 무리를 강요하고 있다.

하지만 왜 갑자기 글을 쓰려고 생각했는지 그 이유만은 꼭 캐내야 한다. 치사토는 굳이 따지자면 스스로 행동하는 것을 선호하는 성격이라, 이렇게 얌전히 앉아 있는 것조차 고통스럽게 여길 것이다.

여인…… 아니, 치사토가 하늘이 내리신 아이라도 이 세상에 대해 배우는 것은 나쁘지 않고, 처음 받은 편지는 뛸 듯이 기뻤지만 마냥 좋아할 수는 없었다.

"치사토."

이름을 부르자 가녀린 어깨가 흔들리더니 치사토가 획 돌아보았다. 시선이 이쪽에 꽂혔다.

"우, 우왁!"

"놀랐느냐."

"어, 어째서?"

"응?"

"일은?"

"휴식이다. 너를 만나고 싶었으니까."

"바, 바보 아냐?"

어째서인지 당황한 모습의 치사토는 코요가 나타난 것에 동요하고 있는 것 같다. 남편이 아내를 만나러 오는 것은 평범한 일일 텐데, 곁으로 다가가서 그 수중을 들여다보았다.

"보지 마!"

치사토는 곧바로 양팔로 손가를 가렸지만 그 짧은 시간 동안에도 약간은 문장을 읽을 수 있었다. 아니, 읽은 건 좋지만, 그 의미는 전혀 모르겠다.

" '아키마사변태' …… 가 무엇이냐?"

'아키마사' 라는 건 자신의 이름이지만 그다음 말은 들어본 적이 없었다.

묻자 치사토는 아차 하는 것처럼 시선을 이리저리 굴리다가 곧 무엇인가를 생각해 낸 것처럼 환하게 미소를 지으며 설명을 했다.

"칭찬이야."

"……."

"진짜래도."

아무래도 그리 좋은 뜻이 아닌 것 같다. 이대로 추궁하면서 햇빛이 떠 있는 와중부터 울려도 좋겠지만, 아무래도 정무에 대한 생각이 머리에 남아 있기 때문에, 코요는 본래의 목적을 완수하기 위해 가지고 온 것을 품속에서 꺼내 치사토에게 내밀었다.

"……부채?"

"너에게서 받은 편지에 대한 답이다."

내용을 알고 있는 것은 치사토와 편지를 받은 자신뿐이다. 하지만 주위에서 보기에 그 편지는 연문이고, 그것에 대해 재치 있는 응답을 하지 않으면 정취 없는 남자라고 소문이 날 수도 있다.

"하, 하지만, 그건……."

단순한 주문을 썼을 뿐이라고 말하기는 힘든지 치사토는 시선을 이리저리 바삐 굴리고 있다. 이런 사랑스러운 모습을 볼 수 있던 것만으로도 일부러 집무를 멈추고 여기까지 온 보람이 있었다.

"열어보거라."

재촉하자 마지못해 치사토는 부채를 펼쳤다. 금박 은박이 박힌 부채에 그려져 있는 것은 활짝 핀 벚꽃이었다.

"이거……."

치사토는 큰 눈을 더 크게 뜨고 부채를 주시하고 있다.

본인은 기억하지 못하는 모양이지만 이것은 치사토가 하늘에서 내려왔을 때 함께 떨어진 쥘부채였다.

최상급 장인의 손길은 아니지만, 이것은 하늘에서 헌상된 것이라고 코요는 생각했다.

부드러운 연분홍색 꽃잎.

활짝 피어 있을 때는 압도적인 존재감을 보여주는데 질 때는 애처롭게 보이기까지 한다.

하나의 꽃이 다양한 얼굴을 보여주고 그 모두가 마음을 끈다니, 그야말로 치사토 그 자체가 아닐까.

치사토의 생애를 책임질 심산으로 소중히 간직하고 있었지만, 치사토에서 처음 편지를 받았을 때 코요는 자신의 감정을 나타내려면 이 부채가 가장 적합하다고 생각했다.

천제가 치사토에게 하사한 이것은 말하자면 혼수다. 편지에는 편지로 돌려주는 것이 도리이지만, 치사토에게는 이 부채를 주고 싶었다.

"어떠냐?"

"……예뻐. 하지만……."

"응?"

"나 같은 것보다 여자가 가지는 것이 좋지 않을까?"

아무래도, 치사토는 코요의 간절한 마음은 읽을 수 없는 것 같다. 예상은 하고 있었지만 연애는 아직도 한참 먼 이야기인 듯한 치사토에게, 코요는 눈을 가늘게 뜨고 미소를 흘렸다.

"너에게 어울린다."

"그런가……?"

가녀린 손에 큼직한 부채를 들고 물끄러미 응시하는 치사토. 입으로는 부정적인 말을 하고 있지만, 그 눈은 넋을 잃고 보는 것처럼 빛나고 있다. 그런 눈으로 자신을 응시한 적이 있기나 했던가 생각하면 조금 서글프다.

그렇다면, 하고 코요는 부채를 든 치사토의 손목을 잡았다.

"어?"

깜짝 놀란 치사토를 아랑곳하지 않고 자신의 품 안으로 끌어당긴다. 반대 손으로 턱을 잡고 힘껏 위로 향하게 하자 작은 입술이 유혹하듯이 슬며시 벌어져 있었다.

"으응?"

그대로 입술을 포갰다. 설마 지금 여기에서 입맞춤을 할 줄은 생각도 못했는지 곧바로 저항하지는 않았지만, 입안에 혀를 밀어 넣자 역시나 가슴을 밀쳤다. 이제 몇 번이나 안고 그 몸의 구석구석까지 알고 있는데도, 아무리 시간이 지나도 풋풋하기 그지없다.

아니, 어쩌면 이 자리에 자신 이외의 다른 사람이 있는 것에 수치를 느끼고 있는지도 모르지만, 황제인 자신은 어디에서 무엇을 해도 용서받는 입장. 게다가 상대는 정실이다. 불평할 사람은 아무도 없다.

"아…… 으응, 후우."

달콤한 침을 혀로 핥아, 심지어 자신의 그것을 삼키게 한다. 밖으로 밀어내려는 작은 혀를 빨고 휘감아 숨까지 빼앗을 만큼 오랫동안 입술을 맞춘 후 간신히 몸을 놓자, 내려다본 치사토의 눈에는 눈물이 배어 있었다.

"느꼈느냐?"

"……윽."

다음 순간, 눈처럼 하얀 치사토의 뺨은 붉게 물들고, 토끼처럼 잽싸게 품 안에서 도망친다. 그러나 그 허리는 쾌감에 녹은 듯 휘청대고 있다. 코요는 일부러 그 뒤를 쫓지 않고 젖은 입술을 손가락으로 가볍게 닦고 일어섰다.

떨어진 장소에 앉아서 코요를 쳐다보는 치사토의 얼굴은

수치와 분노가 혼재한 것처럼 복잡한 표정이었다. 마냥 싫은 것은 아니리라……. 그 얼굴을 보면 그런 생각밖에 안 든다. 코요는 자신만 치사토를 갈구하는 것은 아니라고 믿고 싶은 마음이 들었다.

"치사토, 왜 편지를 보냈느냐? 그 사랑스러운 입술로 뜨거운 마음을 전해주는 것이 기쁘겠는데."

"……부, 분하지만 입으로는 지니까 편지를 썼을 뿐이야! 마음대로 이상한 오해 하지 마!"

"정말 그게 전부냐?"

"그것 말고 뭐가 있는데!"

놀리면서도 그 표정을 빠짐없고 관찰하고 있었지만, 아무래도 그 말에 거짓은 없는 것 같다.

꿍꿍이가 없다는 데는 안심했지만 다른 한편으로 편지를 보낸다는 행위에 아무런 의미가 없었던 것은 유감이다.

역시 당분간 치사토에게는 사랑의 줄다리기를 기대하지 않는 것이 좋을 듯했다.

"오늘 밤은 돌아오지 못하겠지만 얌전히 잠자거라."

일단 목표는 달성했기 때문에 이렇게 말하자, 치사토의 얼굴은 더욱 붉어졌다.

"시, 시끄러!"

"하하하."

"바보!"

사랑스러운 욕설을 등으로 받으며 복도에 나오자, 차마 뭐라고 말을 못하고 눈살을 찌푸린 나카츠카사와 시선이 마주쳤다. 목소리를 낮추지도 않았기 때문에 싫어도 안에서 무슨 일이 일어났는지 귀에 들어왔으리라. 지금 당장이라도 불평할 것 같은 입술이 천천히 열렸다.

"폐하."

"잔소리라면 듣지 않겠네."

한쪽 눈썹을 올리며 선수를 치자 나카츠카사는 크게 한숨을 쉬었다. 웬만한 신하라면 보이지 않는 태도이지만, 소꿉친구이기에 이렇게 명확한 쓴 소리도 태도로 보여주는 것이다. 잔소리꾼이지만, 그래서 코요는 나카츠카사의 존재를 소중히 여기고 있었다.

그렇게 말은 해도 치사토에 대한 것만은 아무래도 마음을 꺾을 수 없었다.

"연회까지 얼마 남지 않았습니다. 너무 치사토님을 자극하지 않는 게 어떻겠습니까."

나카츠카사도 그것은 알고 있는지 능숙하게 빙 둘러서 비난을 했다.

"짐이 언제 자극을 했다는 건가."

"소신의 눈에는 그렇게밖에 안 보였습니다만."

"사랑스러운 사람과는 피부를 맞대고 싶어지는 법이다. 너도 그런 존재가 생기면 알게 될 게야."

"……걱정해 주셔서 감사합니다."

"정말 그렇게 생각하고 있는가?"

"예."

강직한 나카츠카사에게 특별한 존재가 있다는 이야기는 들은 적 없지만, 의외로 이런 남자가 여자의 마음을 잡을지도 모른다. '치사토도 묘하게 신경 쓰고 있었지' 라고 돌이켜 생각하면 왠지 가슴이 술렁대지만, 나카츠카사보다 신뢰할 수 있는 신하는 없으니 맡길 수밖에 없다.

"집무실로 돌아가겠다."

코요는 그렇게 말하고 걷기 시작했다. 달콤한 입술을 맛본 만큼 이후의 정무에 주력할 수 있을 것 같다.

* * *

동궁인 카즈아키의 미래 정실 후보 오오카의 호출을 받아 경상전(慶尙殿)에 입궐한 키요시게는 그 용건에 내심 놀라면서 자리에서 물러나왔다.

이복누이라고는 해도 오오카가 입궁할 때까지 거의 교류는 없었지만, 그녀는 이쪽이 당황할 정도로 자신을 따르고 있다. 그래서 이번처럼 수상한 일도 위험을 무릅쓰고 손을 빌려주었다.

"……."

사람들의 눈길이 없는 곳까지 온 키요시게는 품 안에 숨긴 편지를 꺼내었다. 오오카에게 보낸 편지 속에 들어 있었다는 자신에게 보내는 편지. 그것은 쉽게 접근해서는 안 되는 상대, 치사토의 것이다.

힘을빌려줘요피로연당일에무슨수를쓰더라도빠져나올게요보름달이뜬시간에아키마사방의연못앞에있어야해요어떻게든소란을피워서사람들의시선을끌어줘요.

한 번 읽기만 해서는 이해할 수 없는 편지의 의미는 몇 번이나 몇 번이나 다시 읽는 동안, 점점 머릿속에서 명확해졌다.

'피로연 당일 소란을 피워서 폐하의 주의를 끌어라……라.'

지금 치사토에게는 수십 명의 경호가 붙어 있다. 그 필두가 좌근위대장 나카츠카사다. 무예만이 뛰어난 것이 아니라 지력도 역대 좌근위대장 중 제일이라고들 하는 나카츠카사의 눈을 속이는 것은 만만한 일이 아니다.

오랫동안 독신을 고수했던 코요 천황가 드디어 정실을 맞이하여 신하도 백성도 모두 흥미진진한 참이라, 이번 피로연에는 지금까지 없을 정도로 많은 사람이 참여한다고 들었다.

손님이 계시니 경비도 다소 허술해질지도 모르지만, 그렇다고 해서 다른 사람도 아닌 주역인 치사토가 사라진다는 것은 본래 지극히 어려운 이야기였다.

"……내가 왜 이렇게까지 하는 것일까……."

이런 계획에 손을 빌려주는 것은 물론, 코요 천황의 눈을 피해 치사토에게서 편지를 받는 것만으로도 큰일이다. 세상에는 고귀한 신분의 유부녀와 관계를 가지는 사람은 있지만 상대가 황제의 총애를 받고 있는 자, 게다가 정실이나 되면 그 자리에서 칼을 맞아도 이상하지 않았다.

그만큼 위험을 무릅쓰고 손을 빌려주는 이점이 있을까 말하자면— 없다. 하지만 가슴 깊은 곳에 있던 코요 천황에 대한 적대심이 아무래도 여기서 물러서는 것을 허락하지 않았다.

일단 치사토가 도망치는 데 손을 빌려준 키요시게는 코요가 황제인 한 출세할 수 없다. 정적인 태정대신 하기노코세츠에 대한 원한만 꿍얼대는 아버지도 앞으로 정권을 되찾을 수 없을 것이다.

그렇다면 천상인에게 한 방 먹이는 것도 나쁜 이야기는 아니었다. 코요 천황가 그토록 갈구하고 사랑하는 치사토가 그 손을 뿌리치고 도망가는 꼴을 보면서 한바탕 웃어주면 얼마나 속이 후련할까.

"자아……."

'어떻게 하면 좋을지 생각해야겠군.'

이제 시간이 얼마 없다. 이 짧은 시간에 가장 효과적인 수단을 생각해야 했다.

장인소(藏人所)로 돌아가자 거기에는 좌근위대장 나카츠카사로부터 명령서가 도착해 있었다. 내일 피로연에는 장인소 소속 관료들도 경비를 도우라는 것이다.

"우리도 활을 들라는 말인가?"

"무력 같은 걸……."

관료들은 입을 모아 불평하고 있다. 이 자리에 나카츠카사가 있으면 나오지 않을 말도 동료들 간이라 마음이 편했기 때문이다.

원래 장인소의 관료들은 지능을 높이 사서 채용된 자들이지, 완력에 자신이 있는 사람은 거의 없다. 경비에 동원하더라도 그다지 도움이 되지 않겠지만, 넓은 궁궐의 경비를 하기에는 인원이 턱없이 부족한 것이다.

"사이죠님."

"흠."

부하가 의견을 묻자 사이죠는 쓰게 웃었다.

"……어명이니, 최선을 다하지."

"네!"

말은 그렇게 하면서도 코요 천황에게 가장 반의를 품고 있는 것은 자신이 아닌가 싶었다.

*　　*　　*

피로연 전날.

오늘도 조용히 하루는 시작되고 큰 문제도 없이 저녁이 되었다.

이 광려전(光黎殿)은 코요 천황의 사저라 한정된 사람밖에 들어가는 것이 허락되지 않았다. 고요한 공기가 지배하는 이 장소에서 유일하게 시끄러운 것은 치사토인데, 최근 며칠 일부러 얌전히 지내고 있었다…… 고 생각한다.

너무 자신에게 주의를 돌리는 것을 막으려고 안간힘을 쓴 셈이지만 평상시와 다른 태도는 오히려 의혹을 갖게 했다. 마츠카제 외 궁녀들은 몸 상태가 좋지 않은 걸까 걱정해 주었지만, 물론 건강에는 아무런 문제도 없다.

"……역시 많네."

'몇 명인지 셀 수가 없잖아.'

치사토는 몰래 복도를 엿보았다. 몇몇 궁녀가 오가고 있지만 그 광경은 평상시와 변함이 없다. 다만, 경호는 딱 봐도 알 수 있을 정도로 늘어났다.

'이제 내일이고 말이지.'

드디어 내일이 피로연 당일이다. 듣자하니 아침 늦게부터 다음 날까지 거의 하루 종일 걸린다고 한다. 공연은 연주와 춤이고, 그 와중 코요가 치사토를 손님에게 정실로 소개할 예정이었다.

'최악의 경우 계속 그 자리에 있어야 한다고 해도 그날 밤에는…….'

밤하늘에 보이는 달의 모양은 거의 보름달이다. 그것이 원래 세계로 돌아가는 중요한 요소가 될 거라고 단언할 수는 없지만, 가능성은 높다…… 고 생각한다.

확신은 없지만 내일밖에 없다고 마음이 조급해지는 것이다. 이대로 이 세계에 있다가는 한심하게도 함락된 몸뿐만이 아니라 마음까지도 그 남자, 코요의 것이 될까 봐 무서워서 견딜 수 없다.

우애~앵.

그때 귀엽지 않은 탁한 울음소리가 들렸다.

"아키니?"

치사토는 황급히 주위를 둘러보다가, 정원에서 복도로 뛰어 올라온 큰 그림자를 보고 무심코 웃어버렸다.

살찐 갈색 태비 고양이. 코요와 말을 보러 외출했을 때 눈에 띄어서 기르기로 한 못생긴 고양이는 치사토가 목줄을 하지 않겠다고 결정했기 때문에 자유롭게 집 안을 돌아다니고 있었다. 지난 며칠은 그 모습도 보이지 않았다, 아무래도 식사는 제대로 하고 다녔는지 조금도 야윈 기색은 없다.

"……영차."

안아 들자 팔에 묵직하게 느껴지는 따스한 덩어리. 밖에서 낮잠이라도 잤는지 햇빛 냄새가 나는 그 털에 얼굴을 묻자, 어쩐지 초조하던 기분이 가라앉는 것 같았다.

"너, 어디까지 다녀온 거야?"

와우웅.

"나는 마음대로 움직일 수도 없는데."

냐~우우.

치사토의 말을 알아들었는지 어떤지, 말하는 사이사이에 대답이라도 하는 것처럼 우는 아키의 이마에 자신의 이마를 댔다.

"모험을 했다면 나한테 샛길이라도 가르쳐 줘. 이제 내 일이 승부니까."

문득 자신이 정말 원래의 세계로 돌아가 버린다면 이 아키는 어떻게 될까 하는 생각이 들었다. 폭군으로 보이지만 의외로…… 조금은 상냥한 구석도 있는 코요라면 무자비하게 쫓아내지는 않을 것이다.

어쩌면 오오카의 고양이가 될 수 있을지도 모른다.

'어느 쪽이든 너 엄청나게 큰 출세하는 거잖아.'

"……두고 가는 날…… 용서해 줘."

작게 중얼거렸을 때 사람이 다가오는 기척이 느껴졌다.

"치사토님."

"아, 마츠카제."

조금 전까지 함께 있던 마츠카제는 누군가의 호출로 자리를 비웠다. 아무래도 내일 치사토 일과 관련된 내용 같지만.

직접 치사토에게 말하면 싫다고 말하는 경우가 많지만, 마츠카제라면 모두 준비한 후 불문곡직 따르게 하는 미소로 양해를 구하기 때문에 주위 사람들은 치사토에게 말하는 것보다 먼저 마츠카제를 거치는 경우가 많았다.

"무슨 일이었어?"

아키를 내려놓고 궁금해서 이유를 묻자, 마츠카제는 온화한 미소를 짓고는 치사토 옆에 앉았다.

"내일의 절차로 한두 가지 확인을 해야 하는 일이 있었을 뿐입니다."

지금에 와서 아직도 마츠카제가 이래저래 돌아다녀야 하는 것을 보면 그 너머에 있는 것이 얼마나 큰지 알 수 있어 기분도 가라앉았다.

"……화려한 거지?"

"황후의 피로연 잔치인지라, 아무리 화려해도 부족할 정도이옵니다."

그 부분에 대한 인식이 역시 다르다. 만약 치사토가 여자라면 그나마 들뜬 기분이 들지도 모르지만 남자라 그런지 화려한 피로연에는 관심이 없다. 애초에 이런 나이에 결혼이 어쩌고저쩌고 하는 생각을 할 수 있을 리가 없었다.

'내가 제대로 수락한 것도 아닌 걸, 여기까지 억지로 일을 진행하는데 기쁠 리가 없잖아.'

"치사토님."

"응~?"

심통 나서 오늘은 이대로 자리에 드러누워 버릴까 생각했을 때, 마츠카제가 치사토에게 제안을 했다.

"어떤 채비가 갖추어져 있는지 보시겠사옵니까?"

"어? 그래도 돼?"

그것은 바라마지 않던 일이었다. 실제로 어디서 어떤 식으로 피로연이 열리는지, 대화를 무시해 온 치사토는 전혀 모르고 있었다. 하지만 도망치는 것을 전제로 생각하면 경비 상황이나 사각 등 알아두어야 하는 것은 많았다.

스스로 가고 싶다고 말하면 이상하게 여겨질지도 모른다고 주저하고 있었지만 마츠카제가 먼저 말해준다면 마침 잘된 일이다. 치사토는 힘차게 일어섰다.

"응, 가자!"

긍정적인 치사토의 모습에 마츠카제도 기쁜 것 같다. 편지 건도 있으니 코요에게 마음이 기울어졌다고 생각했는지도 모른다. 그런 마츠카제의 마음을 배신하는 것은 미안하지만 이 기회를 놓칠 수 없는 치사토는 그녀의 안내를 받아 내일의 회장으로 향했다.

"피로연은 광명전에 인접한 동향전(桐香殿)에서 집행되옵니다. 멋진 매화나무가 수도 없이 있는데, 이번에는 조금 계절이 어긋나서…… 폐하께옵서도 유감스럽게 여기고 계셨사옵니다."

마츠카제 앞에는 두 명의 호위병, 그리고 치사토 뒤에는 다섯 명의 궁녀와 그 뒤에 또 몇 명의 호위들이 있다. 여기는 위험도 없을 게 분명한데도 조금 이동하기만 해도 이렇게 줄줄이 떼를 지어 가지 않으면 안 되는 것인가 생각하면 우울하다.

힐끗 뒤돌아본 치사토는 문득 어떤 것을 깨달았다.

"나카츠카사 씨가 없는 것 같은데."

"나카츠카사님은 폐하께로 가셨습니다."

"아키마사의?"

'……무슨 이야기를 하고 있을는지…….'

설마 지금보다 삼엄한 경비를 할 작정인가 생각했지만, 어차피 여기까지 온 이상 단단히 각오를 해야 한다.

'기회는 어차피 거의 없는걸. 이젠 정말 하늘에 맡기는 수밖에 없어.'

"아."

그런 치사토 앞에 강이 나타났다.

"정원에 강이 있어……."

연못과 인공으로 만든 작은 시내가 아니라 정말 자연 그대로 같은 강이었다. 확실히 이곳 부지는 마을 하나 정도 되는 크기는 될 법하지만, 설마 강까지 있을 줄은 몰랐다. 그렇게 생각하면 치사토는 아직 여기 있는 대부분의 장소를 모른다. 코요가 자유롭게 행동하게 해주지 않았던 것은 물론이지만, 치사토 자신이 알려고 하지 않았기 때문이다.

'하지만…… 너무 깔끔해.'

깔끔하게 정비된 정원은 상상한 것 같은 사각은 없다. 아무리 생각해도 대놓고 도망치기는 불가능하다.

복도를 점점 앞으로 걸어가자 정원의 화롯불의 수가 많

아졌다. 복도에서 스쳐 지나가는 사람의 숫자도 많아지고, 조용했던 광려전과는 다른 분위기를 피부로 느낀다.

"이곳이 동향전입니다."

"와아……."

셀 수도 없는 등롱에 불이 붙어서, 아직 햇빛이 있지만 이미 환상적인 분위기를 자아내고 있었다.

평범하게 생활하고 있었을 때는 전기가 있는 생활이 당연했지만, 여기에는 빛이 아주 조금 밖에 없다. 그래서 조금이라도 그 수가 많아지면 생각보다 밝게 느껴졌다.

복도에는 주홍색 천이 깔리고 다채로운 색상과 금사를 사용한 호화로운 병풍과 키쵸(기둥 위의 토대에 명주를 늘어뜨린 병장구)가 준비되어 있다.

정원에 놓인 수많은 다다미에는 화사한 천이 깔려 있었다.

"여기서 악사들이 음악을 연주하고 춤도 선보입니다."

"헤에."

호화찬란. 바로 이 말이 어울리는 것 같다. 그 주인공 중 한 사람이 자신이라는 자각이 없는 치사토는 마치 남의 일처럼 주위를 둘러보았다.

"좀 더 넓은 곳에서 할 줄 알았는데, 여기 스무 명 들어가면 꽉 차는 거 아니야? 초대 손님도 적은데 준비가 왜 이렇게 거창해?"

"폐하와 치사토님은 발 너머로 내빈의 인사를 받게 됩니다만, 알현을 원하는 분은 백 명이 되지 않는다고 들었습니다. 그분들이 차례로 오실 테니 시간은 조금 길게 걸릴 것으로 사료되옵니다."

"어? 그럼 나는 직접 만나는 거 아니야?"

"치사토님은 고귀한 여인, 그것도 황후이십니다. 존안을 쉽게 보이지는 않는 법이지요."

"그렇구나."

'그럼 연회복 같은 건 그렇게 고민하지 않아도 되는 거 아냐?'

발 너머라면 기모노의 무늬 같은 건 또렷하게 보이지도 않을 것이다. 그런데도 몇 십 벌, 아니, 어쩌면 백 벌은 될 기모노 중에서 내일 입을 연회복을 골랐던 코요와 마츠카제는 조금 지나치게 의욕을 불태운 것이 아닐까.

기가 막혀서 한숨이 새어나왔을 때, 복도 저편에 나카츠카사의 모습이 나타났다. 여전히 웃음기라곤 찾아볼 수 없는 표정으로 빠른 걸음으로 다가온 나카츠카사는 치사토의 곁에 오자 한쪽 무릎을 꿇었다.

"이야기 끝났구나."

무심코 치사토가 이렇게 중얼거리자 나카츠카사는 고개

를 들고 이쪽을 보았다.

"치사토님은 왜 여기에?"

"나카츠카사님, 제가 치사토님을 모시고 왔사옵니다."

"으, 응, 맞아."

나카츠카사는 마츠카제의 말에 시선만 그쪽으로 돌렸다. 그가 그 말을 믿었는지는 모르겠지만 거짓말은 아니기 때문에 치사토는 아랑곳하지 않고 시선을 주변에 돌렸다.

나카츠카사가 나타나자마자 경비병들도 잔뜩 긴장된 분위기였다.

'하긴, 혼나기 싫은 것은 알겠지만.'

나카츠카사가 온 이상 경비에 대해서 물어볼 수는 없다. 그래서 그가 들어도 의심스럽게 여기지 않을 만한 것을 물어보았다.

"저기, 손님들은 몇 시쯤부터 오셔?"

"시간은 정해져 있지 않지만 연회는 점심때가 지난 후에 시작되니 그 이전에는 대부분의 손님들이 오시지 않을지요?"

"그렇게 많은 우차를 세울 자리가 있어? 우차는 한 대도 자리를 많이 차지하잖아?"

"그야 물론입니다."

"아~"

그만큼 부지가 넓다면 여기에서 빠져나가는 것은 무리라고 해도 어딘가에 숨는 건 가능할지도 모른다. 원래 세계로 돌아가기 위해서는 여기에서 나갈 수도 없기 때문에, 굳이 따지자면 그쪽이 형편이 좋았다.

'의외로 여자들이 지나가지 않을 것 같은 장소가 좋을지도. 아, 하지만 이 기모노…… 이걸 어떻게 좀 하고 싶은데.'

치사토가 이 세계에 왔을 때 입고 있던 옷은 코요가 어딘가에 치워두었을 것이다. 어떻게든 그것을 손에 넣을 수 있으면 좋을 텐데……. 그렇게 생각한 차사토는 아직 무릎을 꿇고 있는 나카츠카사에게 물어보았다.

"아키마사는 아직 일을 하고 있나요?"

"네. 이번 잔치를 개최함에 있어 폐하께서는 갖가지 부담이 늘었는지라."

"……."

'빈정대긴……'

별로 치사토가 꼭 그래달라고 말한 것은 아니다. 코요가 마음대로 결정하고 마음대로 준비를 하고 있을 뿐이니 그 탓으로 바빠져도 자기 탓이라고 생각한다.

나카츠카사는 어떻게든 치사토에게 책임의 일단을 지게 하려는 것 같지만, 여기에서 정에 휩쓸려 넘어가면 안 된다.

"그럼 잠시 진중 문안이라도 갈까."

"치사토님."

"마츠카제, 만주 같은 거 준비할 수 있어?"

"만주, 말씀이십니까?"

"피곤할 때에는 단 것을 먹는 것이 좋대."

"……그렇다면 지금 바로 준비하게 하겠습니다."

마츠카제의 얼굴이 환해지는 것은 치사토가 코요를 생각해서 하는 말이라고 생각하고 있기 때문인지도 모른다. 하지만 치사토의 본의는 심술을 부리기 위해서다. 단 것을 별로 좋아하지 않는 코요에게, 피곤한 참에 더 피로하게 해주마 하는 작은 장난기로 한 말이지만, 곁에 있는 나카츠카사에게 내심을 들키지 않기 위해 말없이 고개를 돌렸다.

동향전에서 코요가 집무하는 곳까지 다시 수백 미터 걸었다. 이렇게 겹겹이 옷을 겹쳐 입지 않았다면 상관없지만, 쓸데없이 넓은 집이다 보니 어느 정도 걸으면 아무래도 다리가 아파지고, 어깨 결림도 심해진다. 태연자약한 표정으로 물 흐르듯이 걷는 궁녀들을 보면 정말 이 시대의 여자는 체력이 대단하다며 감탄하게 된다.

"이쪽입니다."

나카츠카사가 선두에서 이끌고 그 뒤에 치사토가 따른

다. 뒤에 있는 궁녀 한 사람이 마츠카제가 준비시킨 만주를 받들고 있었다.

"폐하, 나카츠카사이옵니다."

방 앞 복도에 무릎 꿇은 나카츠카사가 이렇게 말을 걸자,

"들거라."

안에서 목소리가 들렸다. 기분 탓인지 그 목소리에서 피로한 기색이 느껴지는 것은 나카츠카사가 일이 힘들어 보인다고 말했기 때문일지도 모른다.

"치사토님."

안으로 들어가라고 재촉을 받고 치사토는 처음 들어가는 방에 들어섰다. 생각보다 넓은 안은 양쪽에 몇 개의 책상이 정렬되어 있고 그 안쪽에는 서류가 쌓여 있었다.

'정말 집무실 같은 느낌이네.'

"치사토."

"아키마사."

코요는 상석이라 불리는 위치에 앉아 있었다. 다른 책상과는 다른, 옻칠을 입혔는지 검고 반들거리는 책상 위에 두루마리, 벼루, 붓 등 아마 업무에 사용할 도구가 놓여 있었다.

코요의 복장도 평소보다 간소한 것으로, 그 표정에는 목소리를 듣고 상상한 대로 약간 피곤한 기색이 엿보였다.

하지만 치사토와 시선이 마주친 순간 그것은 일변하여, 명확하게 달짝지근한 색이 깃들었다.

자신의 등장에 그토록 화색이 도는 그를 보고 치사토도 왠지 마음이 차분해지지 않았다.

“네가 먼저 찾아와 줄 줄이야.”

“아니 뭐, 그냥 기분이 내켜서.”

자신의 의도를 생각하고 켕기던 치사토는 황급히 변명했지만, 그때 마츠카제가 뒤에서 이름을 불렀다.

“준비한 것을 폐하께 올리거라.”

“아.”

“뭐냐?”

“어…… 그러니까.”

‘무슨 이상한 오해를 하진 않겠지?’

심술을 긍정적으로 받아들이면 곤란하다. 치사토는 이대로 돌아가고 싶었지만 그 전에 재치 있게 마츠카제가 만주를 들고 있는 궁녀를 불러 코요 천황의 어전에 쟁반을 두라고 지시했다.

“이것은?”

“치사토님께서 폐하께 드리는 것이옵니다. 피로할 때에는 단 것을 드시는 것이 좋다고 하옵니다.”

“치사토가?”

코요가 물끄러미 바라보자 치사토는 어떻게 반응해야 할지 알 수가 없었다. 그 모습을 본 코요가 눈짓을 하자 마츠카제와 나카츠카사를 필두로 한 안에 있던 자들이 잇달아 방에서 나갔다.

"아, 나, 나도!"

혼자 여기 남겨지면 못 배긴다. 치사토도 황급히 그들의 뒤를 쫓으려고 했지만 그러기 전에 손을 뻗은 코요에게 팔을 잡히고 말았다.

"어디 가느냐?"

"어, 어디냐니, 별로……."

"모처럼 네가 갖다 준 것이지 않느냐. 함께 먹자."

"엥?"

"자아."

"우왁?"

코요가 강하게 팔을 당기자 치사토는 그대로 그 자리에 쓰러진다. 몸이 바닥에 닿기 전에 코요의 가슴이 단단히 받쳐주었다. 마치 폭 안기는 것 같은 그 모습에 부끄러운 마음이 치솟았지만 뻔뻔한 코요는 전혀 신경 쓰지 않는 것 같았다.

하긴, 이 자리에는 치사토와 코요, 두 사람밖에 없으니 부끄럽다고 느끼는 사람이 오히려 이상한지도 모른다.

"……."

치사토는 코요의 품 안에서 긴장된 몸으로 이 남자가 다음에 어떤 행동을 취할지 숨을 죽이고 엿보고 있었다.

"만주인가……. 너답구나."

코요는 웃고서 만주를 하나 손에 들고 그것을 한입 베어 물었다.

"너도 먹겠느냐?"

"……됐어."

"됐다, 라……."

"당신 먹으라고 가져온 거니까, 당신이 먹으면 되잖아."

"그럼 입으로 먹여주마."

"바, 바보야!"

무슨 소리를 하는 거냐 하고 치사토는 조바심 내며 코요의 가슴을 밀치려 했지만, 어찌된 영문인지 신바람이 난 그는 전혀 미동도 하지 않는다.

그러나 지금이 기회인지도 모른다. 어떤 식으로 말을 꺼낼까 궁리하던 치사토는 흥이 난 그의 얼굴을 아래에서 조금 쳐다보면서 물어보았다.

"아키마사."

"응?"

"좀 묻고 싶은 게 있는데."

그렇게 말하자 코요는 가만히 치사토의 눈을 마주보며 계속 말하라는 듯이 가볍게 턱을 당긴다. 아무래도 이야기를 들어주려는 모양이다.

"내 옷 어디 있어?"

"네 옷?"

"여기에 왔을 때 입고 있었잖아? 그리고 안경도."

"……아아, 그거 말인가."

다른 세계에 오는 경험은 처음이고, 물론 다른 사람의 경험도 알 턱이 없지만, 틀림없이 다른 세계에 물건을 두고 가는 짓을 해서는 안 될 것이다. 그것은 지식도 마찬가지라고 할 수 있을지도 모르지만, 한심하기도 하지만 다행히, 치사토가 여기에 남긴 현대의 지식은 전혀 없다. 나타났을 때 입고 있던 옷을 입고 그대로 사라져 버리면 여기에 치사토가 있었다는 흔적은 자취도 없이 사라질 것이다.

그러려면 옷이 있는 곳을 물어봐야 한다. 만약 처분했다면 어쩔 수 없지만 어딘가에 넣어두었다면 그것을 되찾고 싶었다.

"……그걸 물어봐서 어쩔 작정이냐?"

당연하다고 할 수 있는 코요의 질문을 받고 억지로 웃던 치사토의 얼굴이 굳어졌다. 빨리 알고 싶은 마음만 급한 나머지 그 후의 대응은 전혀 생각지 않았던 것이다.

'나, 나란 놈은 하여간…….'

자신의 무모함에 혀를 차고 싶었지만, 이미 입 밖으로 나간 말은 주워 담을 수 없다. 어쩔 수없이 치사토는 머릿속에 떠오른 말을 해보았다.

"왜, 왜냐하면, 그건 내 재산이고?"

"재산?"

"내가 갖고 있던 거잖아."

"옷은 네가 지긋지긋할 만큼 주었지 않느냐."

"그러니까, 기모노하고는 의미가 다르다고!"

"……네 말은 무슨 뜻인지 도무지 모르겠구나."

정말로 신기해하며 말하는 코요에게 치사토는 기가 막혀 한숨 쉬었다.

"그건 네가 나에게 준 거잖아? 내가 직접 산 게 아니라. 지금 내가 입고 있는 옷, 쓰는 것, 먹는 것 전부 네가 준비한 것이고, 그것은 내 것이 아냐."

남이 베풀어주는 대로 받고 있는 주제에, 이렇게까지 잘난 척하는 것은 자신 정도밖에 없을 것이다.

당연한 것을 주장했다고 생각하지만, 어째서인지 코요의 눈이 놀란 듯이 휘둥그레지더니 갑자기 그가 치사토의 몸을 덥석 껴안았다.

"아, 아키마사?"

"너는 참말로…… 내가 생각도 못하는 소리를 하는구나."

"어?"

방금 그 말의 어디에 그렇게 반응했는지 치사토는 전혀 모르겠다. 그저 껴안는 팔의 힘이 너무 강해서 힘 조절 좀 하라고 불평하고 싶었다.

"지금까지 내가 준 것을 그렇게 생각하는 여인은 없었다. 모두가 받는 것은 당연하다고, 그리고 그것은 자신의 것이라고 자연스럽게 받아들였으니 말이다. 그러나…… 그런가, 너는 역시 다른 사람과는 다르구나."

머릿속에서 계속 불평을 하던 치사토와는 달리, 아무래도 코요는 달아오른 모양이다. 그는 갑자기 손을 치사토의 가슴팍에 넣었다.

"잠깐?"

"잠시 너를 예뻐해 주지 못했구나."

그 말에 치사토는 얼굴이 확 뜨거워졌다. 잠시라고 해도 겨우 며칠이다. 누구 눈으로 보아도 이 사람은 확실히 정력이 절륜하다.

"그, 그렇다고 해서 이런 데서……. 여, 여기, 일하는 데잖아!"

아무리 이 남자가 밝힌다고 해도 집무실에서 손을 댈 줄은 몰랐다.

'난 그냥 심술 좀 부리려고 만주를 가져왔을 뿐인데……!'

"이거 놔, 누, 누가 좀!"

"사람은 다 물렸느니라."

즐겁게 웃는 코요의 얼굴이 마치 악마처럼 보였다.

*　　　*　　　*

치사토가 기모노에 대해 말을 꺼냈을 때 코요는 강한 경계를 했다. 틀림없이 치사토는 도망치기 위해 자신의 그것을 되찾으려고 한다는 게 뻔했기 때문이다.

본인이 얼버무릴 작정이라면 일부러 시치미를 떼고 넘기려고 했지만 그 후에 귀에 들어온 말로 코요답지 않게 감동해 버렸다. 꾸밈없는 진심의 목소리. 신중하고 청렴한 치사토의 마음이 눈부셔서 견딜 수 없었다.

어떤 의도이든 치사토 스스로가 이렇게 찾아와 준 것이 기쁘다. 그리고 아마도 자신이 선택한 치사토가 누구에게도 부끄럽지 않는 곧은 마음씨의 소유자라고 재차 알게 되어 들뜬 것이다.

"아, 아키마사!"

초조해하는 치사토가 보챘지만 품 안에서 나갈 기색은 없었다. 아니, 그렇게 생각하고 싶은 것일지도 모른다고 생각하면서, 코요는 억지로 치사토의 볼에 손을 대고 이쪽을 향하게 하고는 놀라서 동그랗게 뜬 눈을 가만히 보면서 입맞춤을 했다.

"으읍……."

언제 맛봐도 치사토의 입술은 달콤하다. 아무리 맛보아도 갈증은 사라지지 않고 항상 치사토가 힘들어 녹초가 될 때까지 탐하고 만다. 그래서 미운 털이 박혔다는 것을 알고는 있어도 멈출 수 없으니 문제지만—

"아, 키……."

입술을 떼고 그대로 바닥에 쓰러뜨리자 초점이 맞지 않는 눈이 쳐다봤다.

"치사토."

"아……."

"치사토."

사랑스러운 이름을 몇 번이나 목소리에 실었다. 그러자 치사토의 손이 뻗어와 기모노의 소매를 쥐었다. 마치 떠나지 말라고 애걸하는 것만 같아서, 코요는 기모노의 앞섶을 억지로 밀어 젖혔다. 빨리 치사토를 갖고 싶었다.

"저, 정말로, 여기, 에서?"

"……그러고 보니, 향유가 없구나."

"……윽."

그 말을 듣고 무슨 목적으로 사용하는지 자신의 몸으로 알고 있는 치사토의 얼굴은 귀까지 새빨개졌다.

"어쩔 수 없지, 네가 어서 꿀을 토해내면 되는 일이니."

정무를 거행하는 장소에서 섹스를 하는 일은 없고, 따라서 향유도 당연히 준비되어 있지 않다. 바깥에서 대기하는 사람에게 말해서 향유를 준비시키면 되지만, 이 자리에 제삼자를 불러들이는 것은 분위기를 다 깨는 일인 데다 수치심이 강한 치사토의 몸이 굳어버릴지도 모른다.

예민한 치사토의 몸은, 녹이면 스스로 꿀을 흘려서 두 사람이 맺어질 그 장소를 적셔줄 것이다. 삽입시의 통증은 있을지도 모르지만 성교에 익숙한 몸은 그조차 기분 좋은 자극으로 받아들여 주리라.

"치사토."

풀어 헤친 옷자락 사이로 손을 집어넣어 단번에 하카마(袴)의 끈을 풀어 벗기고 소름이 돋은 허벅지에 손가락을 흘렸다. 입맞춤의 여운에 잠겨 있던 치사토도 그 느낌에 정신을 차렸는지 지금 와서 새삼 코요의 손을 허벅지에 끼워 못 움직이게 막았다.

"이봐, 그러면 움직일 수 없지 않느냐."

"이, 이런 곳에서 하려고 하는 사람이 잘못한 거지!"

치사토는 하얀 뺨을 발갛게 물들이며 외치지만 그 목소

리는 코요의 귀에는 극상의 궁정음악보다 아름다운 음색으로밖에 들리지 않는다. 게다가 손은 쉽게 움직일 수 없더라도 손가락뿐이라면—

"햐앗!"

코요는 허벅지 사이에 끼인 손의 손가락만 움직여 허벅지 안쪽을 살짝 쓰다듬었다. 생각한 대로 치사토도 민감하게 반응하고 그 바람에 다리에 들어가 있던 힘이 느슨해졌다.

코요는 그 틈을 놓치지 않고 치사토의 다리를 가르고 그 사이에 몸을 끼었다. 겹겹으로 겹쳐진 히토에기누(單衣)가 크게 어지러지고, 치사토의 쭉 뻗은 다리가 코요의 눈앞에 노출되었다. 문득 치사토의 얼굴을 보자 부끄러워서 고개를 옆으로 돌리고 눈을 꽉 감고 있다.

"치사토."

"……끄러."

"응?"

"시, 끄럽다고!"

"그렇게 허세를 부려도 이것 보거라, 다리가 떨리고 있구나. 두려워할 일이 무어냐? 지금 너를 만지는 것은 남편인 나다."

"나, 남편이라니……!"

주위는 모두 인정하고 있는데, 정작 당사자만 완강하게 거부하고 있을 뿐이다. 그것도 내일 피로연이 끝나면 포기하고 얌전히 이 품 안에 몸을 맡기겠거니 하고 코요는 낙관하고 있었다.

"쪼그라들었군."

"바보!"

치사토의 사타구니에 있는 양물은 불쌍할 정도로 움츠러들어서, 그 근원에 있는 구슬도 말랑말랑하니 조용히 기다리고 있다. 손을 뻗어 살짝 쥐자 얼마 안 되는 그 자극만으로도 단단하게 여물어가는 것을 알 수 있었다.

"꿀은 아직인가?"

줄기를 여러 번 문지르자 끝에 투명한 액체가 볼록하니 배어 나온다. 이윽고 그것은 코요의 손을 적시고 두 구슬을 지나 그 안쪽까지도 촉촉하게 적셨다.

"응, 후아."

손을 움직일 때마다 치사토는 입술을 타고 나오는 교성을 억제하려고 하고 있지만 연거푸 주어지는 쾌감에 견딜 수 없는지, 작고 높은 소리를 단속적으로 지른다.

코요는 그 목소리를 더 듣고 싶어서 몸을 옆으로 비키고, 방금 전까지 단단히 쥐고 있던 치사토의 성기를 주저 없이 입에 물었다.

"흐아아!"

달콤한 꿀이 즉시 입안에 퍼지고, 코요의 분신이 두근두근 맥박 쳤다. 같은 남자의 분신은 치사토의 물건밖에 모르지만, 치사토이기에 과실과 같은 싱싱함과 달콤함을 느끼는 것이라고 생각한다.

부드러운 끝과 응어리가 맺히기 시작한 줄기. 뿌리에서 맺힌 두 구슬을 손으로 주무르며, 코요는 마음껏 치사토를 울리기 시작했다. 여기가 집무를 보는 장소이며 복도에는 경호병이 대기하고 있다는 것은 알고 있지만, 그래도 지금 이 몸을 맛보는 일을 그만두기는 어렵다.

아니, 치사토가 자신의 것이라고 알리기 위해서라도 더 욱더 소리를 지르게 하는 것이 좋을까?

"하앗, 안 돼, 으응~"

입안의 침을 듬뿍 분신에 바르면서 맥동하는 뒷줄기를 따라 혀로 훑자 치사토는 재미있을 정도의 반응을 보였다.

이윽고 치사토 오래 견디지도 못하고 순식간에 절정에 도달했다. 코요는 입안에 퍼진 달콤한 꿀을 맛보듯이 삼켰다.

"바…… 보야……."

언제나 격렬하게 불평하는 어조도 지금은 마치 응석 부리고 있는 것처럼 들렸다.

물소리를 내며 입안에서 분신을 꺼낸 코요는 한 번 절정을 맞이해 완전히 늘어진 몸을 조용히 눕히고 그 시선으로도 범하듯이 물끄러미 치사토의 몸을 감상했다.

'정말이지 어디라 할 것 없이 약하군.'

그래서 더욱더 강한 자극을 주고 싶은 마음이 들고 만다.

이 사랑스러운 사람에게 새로운 자극을 주려면 어떻게 해야 할지 생각하고 있는 와중, 자신의 책상 위에 놓인 아직 쓰지 않은 붓이 눈에 띄었다.

어떻게 할지 곧장 생각이 난 것은 아니다. 그래도 코요는 그 붓을 가지고 잠시 생각하고 나서 부드러운 붓끝으로 젖은 분신을 자극했다.

"으응, 아아?"

지금까지 없었던 자극에 놀랐는지 치사토의 몸이 크게 퍼덕였다. 그 바람에 자세가 바뀌어 옆을 향한 치사토는, 시야의 가장자리에 코요가 들고 있는 것이 눈에 들어왔는지 큰 눈을 더 크게 뜨고 겁먹은 표정을 보였다.

"그, 거?"

"응?"

"뭐…… 가지고 있는 거야?"

새삼스럽게 물어보지 않아도 치사토의 눈에는 잘 보일 것이다. 그래도 묻는 치사토에게, 코요는 분신에서 흘러넘친 꿀에 젖어 버린 붓을 눈앞에 내밀었다.

“너를 더 예뻐해 주고 싶어서 말이다. 기분이 좋았지 않느냐?”

“그런, 일, 없……!”

“거짓말 하지 마라. 보거라, 방금 전보다 한층 더 단단해지지 않았느냐.”

싫어하고 있다고는 도저히 생각되지 않았다. 붓을 본 순간 바르르 떨린 치사토의 양물은 전혀 쇠약해진 기색이 없다.

코요는 치사토의 얼굴에서 눈을 돌리지 못한 채 붓을 내려 배꼽을 간질였다.

“응…….”

치사토가 간지러움에 눈을 감은 틈을 타 그대로 끝 부분에 붓끝을 댔다. 젖어서 굳어진 끝이 구멍에 걸렸는지,

“아야!”

그대로 빙그르르 돌려 구멍을 되짚었다. 고통과 충격에 치사토의 눈가에 눈물이 번진다. 가엾지만 어여삐 여기는 마음은 더해갔다. 코요는 눈을 가늘게 뜨고 몸을 떠는 치사토를 내려다보고는, 붓으로 몇 번이고 끝을 간질이고 가끔 뒷줄기에 대고 빠르게 훑기도 했다.

저항하려고 치켜든 치사토의 손이 옆에 있던 책상에 맞

아서 그 위에 있던 것들이 성대하게 흩어져 버렸다.

그 모습을 시야 한켠으로 포착한 코요는 다시 자신이 어떤 장소에서 치사토를 안으려고 하는지 깨달았지만 이제 와서 여기서 멈출 수 있을 리가 없었다. 분명 나중에 한숨을 쉬는 처지에 빠지겠지만 그래도 치사토를 안지 않은 후회에 비하면 별거 아니다.

치사토는 무릎을 맞추어 양물을 숨기려고 하고 있었지만, 코요는 한쪽 다리로 허벅다리를 펼친 상태에서 눌러, 이번에는 구슬 아래의 봉오리까지 붓을 가져갔다.

"아, 아키마, 사아!"

"좀 더 놀아주고 싶지만, 나도 그리 버틸 것 같지 않구나."

가능하다면 모조리 벗기고 몸 구석구석까지 자신의 혀로 깨끗하게 하고 싶었다. 하지만 이런 장소에서 치사토의 나신을 드러내기는 역시 꺼려졌다.

자그마한 연분홍색 열매를 빨고 싶다.

하얀 피부에 수없이 자신의 꽃잎을 흩뜨리고 싶다.

그것이 무리라면 서로의 일부분을 더 이상 없이 밀착하고 싶었다.

북 받치는 욕정에 지친 코요는 붓을 던졌다. 그리고 빠르게 자신의 하카마도 풀자, 노출된 양물은 더 이상 없을 정

도로 성이 나 있다. 치사토와는 다른 검붉고 커다란 분신은 하염없이 이슬을 흘리며 빨리 자신을 거둘 칼집에 넣어달라고 외치는 것만 같다.

"치사토."

이름을 부르자 눈을 굳게 감고 있던 치사토의 눈꺼풀이 천천히 뜨였다. 눈물로 젖은 눈동자, 발개진 눈가. 코요는 자신이 그렇게 만든 것을 사과하듯이 살짝 입술을 댔다.

"……이상한, 짓, 하지, 마."

"네가 귀여워서 그렇다."

"거, 짓말."

"거짓말이 아니다."

"……거짓말, 이야."

코요의 말은 믿지 않는다고 작게 고개를 젓지만 그 몸은 코요의 품 안에서 도망가려고 하지 않았다. 그런 치사토의 태도가 괜히 더 자신을 받아주고 있다는 환상을 만든다.

코요는 안심시키듯이 미소 짓고는 그대로 치사토의 입술을 빨았다. 치사토는 입맞춤을 좋아하는 모양이라, 금세 스스로도 맞댄다.

겹쳐진 입술 사이로 서로의 혀를 내밀어 장난치듯이 서로 핥고 타액을 들이켠다. 이윽고 그것은 숨을 서로 빼앗을 정도로 격렬한 것이 되어, 겨우 얼굴을 떼었을 때에는 치사토의 입가는 누구 것인지 모를 침으로 젖어 빛나고 있었다.

"……음외하구나."

단어의 의미를 모르는지, 치사토는 아직 열띤 시선을 보내온다.

"괜찮겠지."

다시 입술을 핥아 올리고 코요는 확인하듯이 말했다.

"어?"

"힘을 빼라."

"자, 잠깐 기다려……."

"기다릴 수 없느니라."

"아…… 우우…… 아……."

젖은 끝을 아직 딱딱한 봉오리에 꽉 눌러 체중을 훅 싣고 허리를 찔러 넣었다. 풀리지 않은 그곳은 코요의 양물을 쉽사리 받아들이지 못해 이쪽에도 통증이 전해져 왔다.

"치사토……!"

긴장을 풀기 위해 다리를 누르고 있는 손 이외의 다른 쪽 손으로 치사토의 양물을 쥐었다. 고통으로 쪼그라든 그것은 몇 번 문질러 주기만 해도 기세를 되찾고, 그 쾌감 때문인지 몸에서 힘이 빠진 것을 알아차린 코요는 기회를 놓치지 않고 단번에 끝을 밀어 넣었다.

"으으윽!"

"……큭."

'좁…… 군.'

마치 양손으로 쥐는 것처럼 분신을 쥐어 짜내며 착 휘감겨 붙는 주름 벽을 밀어 헤치고 찔러 넣자, 아찔한 쾌감이 코요를 덮쳤다. 그가 그대로 정신없이 피스톤질을 반복했다.

"응, 아우, 아앙!"

"치사토!"

"으, 아, 안 돼, 흐으응!"

치사토의 목소리에서도 달콤함이 배어나온다. 자신의 분신과 치사토의 내벽이 섞여 서로를 애무하면서 더한 쾌락을 낳는다.

주위는 서류에 둘러싸이고 먹물 냄새마저 느껴지는 장소. 분위기 같은 건 찾아보려야 없고, 평상시라면 욕정을 돋울 리가 없는 이곳에서 필사적으로 눈앞의 가냘픈 몸을 탐닉하는 자신은 마치 짐승과 같다. 부드러운 고기를 탐하고 달콤한 꿀을 마시며 이 몸 전부에 자신의 증거를 새겨 넣고 싶다. 뜨거운 것으로 채우고 싶다.

찌걱찌걱 울리는 물소리와 피부가 부딪치는 철썩이는 소리. 그것이 기분 좋은 음악 같아, 코요는 열에 들뜬 눈빛으로 아래에 깔린 치사토를 내려다보았다.

'똑같군.'

자신을 쳐다보는 치사토의 눈동자 안에도 불꽃이 보인다. 몹시 음탕하면서도 무심하게 코요를 탐내고 있다.

아직 고르게 나지 않은 빈약한 덤불에 손가락을 얽어 가볍게 당기자, 복잡하게 꿈틀거리는 내벽의 움직임에 당장 욕망이 빨려나올 것 같아, 코요는 어금니를 악물고 치사토의 가장 안쪽을 후비듯이 찔렀다. 그 바람에,

"아아앗!"

교성을 지르면서 치사토는 열기를 내뿜고 코요의 옷을 적시고 말았다. 그 순간의 강한 조임에, 참고 있던 사정감을 주체하지 못하고 그대로 뜨겁고 거센 물결이 치사토 속에서 용솟음쳤다.

"허억, 허억……."

"……."

잠시 동안 서로 숨을 고르지 못하고 거친 호흡을 반복했다. 이윽고 먼저 진정된 코요는 희미하게 벌어진 치사토의 입술에 입맞춤을 했다.

"……변태."

의미는 몰라도 그다지 좋은 느낌은 안 드는 말을 내뱉은 치사토는 깊이 숨을 들이쉬었다. 그 바람에 아직 안에 들어

있는 분신이 반응했다.

"어, 어서 빼라고!"

치사토는 이대로 계속 안길 줄 알았는지 진심으로 초조해하며 그렇게 말했지만, 코요도 여기에서 행위를 재개할 생각은 없었다. 위치가 문제라기보다는 내일 피로연을 생각하면 더 이상 치사토의 체력을 소모해서는 안 된다고 생각했기 때문이다.

하지만, 방금 안았을 뿐인데 무정한 소리를 하는 치사토를 골탕 먹이기 위해서 한 번 사정해서는 가라앉지 않는 분신으로 내벽을 꾹 찔렀다.

"으흥……."

"왜? 아직 더 원하나?"

"아…… 니야……."

양물을 조여 오는 내벽은 여전히 굶주린 것처럼 보였지만 정작 본인은 축 처져서 저항하는 말도 꺼질 것처럼 약하다.

"그러는 것치고는 네 안은 나를 강하게 잡고 놓지 않는데?"

"……으."

"네가 원한다면 이대로 재개해도 좋다."

그렇게 말하자 땀으로 젖어 있는 얼굴이 울상을 지었다.

이 이상 했다가는 정말 기분을 상하게 할 것 같아, 코요는 드디어 안에서 양물을 빼냈다. 끝과 봉오리가 끈적한 액으로 이어져 있다. 음란한 그 광경을 보고 있으면 욕정을 억누를 수 없게 될 것 같아서, 코요는 아까 벗긴 하카마로 치사토의 아랫도리를 덮었다.

"오늘 밤은 이걸로 참으마. 내일부터는 누구에게도 거리낌 없이 울릴 수 있으니 말이다."

"그, 런, 건……."

항상 거리낌 없이 하고 있잖아, 라고 말하려던 치사토의 목소리는 끝까지 들리지 않는다.

"치사토?"

"……."

무슨 일인가 싶어서 초조하게 얼굴을 들여다보자, 글쎄, 태평하게 자고 있다. 아니, 거의 기절한 것일도 모르지만, 거참, 사람을 놀라게 하는 녀석이다.

"내 앞에서 무방비하게 자다니, 또 덮쳐 달라고 하는 것과 마찬가지다."

일단 불평은 했지만 그 잔소리에조차 달콤한 애정이 포함되어 있는 것 같았다. 어찌 되었든 간에 코요는 결국 치사토에게는 약한 것이다.

*　　*　　*

"……응……."

치사토는 크게 숨을 쉰 후 천천히 눈을 떴다.

"여, 기……."

'내…… 방?'

시선이 움직여 주위를 살펴보자 거기는 평소에 머무르는 자신의 방이었다.

어느새 그 집무실에서 돌아왔는지, 아니, 그보다 갖가지 액으로 더러워진 몸과 옷을 깨끗이 해준 것이 누구인지 상상하기만 해도 무섭다. 설마 코요가 거기까지 해줬으리라고 여겨지지는 않고, 그렇다고 마츠카제와 다른 궁녀들에게 뒤처리를 시킨 걸까 생각하면 미안하고 부끄러운 마음을 견딜 수 없어, 치사토는 나른한 허리를 감싸듯이 엎드려서 깊은 한숨을 토했다.

"그 자식……."

'절대 봐주지 않았어…….'

오늘이 피로연이 거행되는 날이라는 것을 알고 있다면 치사토의 신체에 부담이 가는 행위는 안 했을 것이다. 그런데도 사양도 하지 않고 퍽퍽 쳐대다가 결국 몸속에 정을 받은 치사토는 이미 이 시점에서 파김치 상태였다.

발 사이로 보이는 빛을 보면 아무래도 아침이 되어버린 것 같다.

"……이대로 자고 싶다……."

여러 가지 생각을 음미하면서 중얼거리자,

"그것은 곤란하옵니다."

"!"

당연한 듯이 대답이 돌아와 움찔 몸이 떨렸다.

"아야야!"

의도하지 않은 급격한 움직임으로 허리에서 하체에 걸쳐 둔통이 퍼진다. 당연히 혼자인 줄 알았는데, 설마 누군가 있을지는 몰랐다. 뒤돌아보고 싶지 않지만 뒤돌아봐 야한다. 치사토는 머뭇머뭇 고개를 들어 뒤를 보았다.

"……마츠카제."

눈이 마주친 마츠카제는 치사토에게 상냥하게 웃음 지었다.

"좀 더 주무시지요."

"하, 하지만."

"폐하께옵서 치사토님은 지쳤으니 오늘 아침은 느긋하게 쉬게 하라는 명을 내리셨사옵니다."

"어……."

설마, 코요가 그런 것을 명령했을 줄은 몰랐던 치사토는 무심코 눈을 동그랗게 뜨고 중얼거렸다. 물론 이렇게 몸이 나른한 원인은 코요지만, 피로연이 열리는 오늘은 아침부터 일찍 준비를 하라고 채근당할 각오를 하고 있었던 것이다.

"……정말로 그렇게 말했어?"

"네. 이미 입궐한 분은 계시지만 치사토님의 단장은 진정되고 나서 해도 좋다고 이르셨습니다."

원래는 코요 때문에 나른한 것이라는 불평은 입안에 거두고, 치사토는 천천히 몸을 일으켰다.

"……일어날게."

"치사토님."

"아마 괜찮을 거야."

이불 대신 덮은 기모노를 치우고 천천히 일어선다. 순간 몸이 휘청했지만 곧바로 마츠카제가 지지해 주었다.

"조금 더 쉬시는 것이 좋지 않을는지요?"

"그래도 진정이 안 되는걸."

"드디어 피로연이 거행되니 치사토님도 마음이 들뜨시겠지요."

"……."

아니다. 오늘이야말로 빠져나가겠다는 결의와 긴장 때문에 다시 잠자리에 들 만한 마음의 여유는 도저히 가지지 못할 것 같았다.

하지만 그것을 마츠카제에게 말해도 이해해 주지 못할 것이고 말해봤자 소용도 없다. 치사토는 이번에야말로 제대로 자신의 힘으로 서서 발 밖으로 나왔다.

"치사토님, 그런 모습으로는."

"아."

내려다보자 하얀 우치기(袿) 차림이다. 이른바 속옷 차림으로 밖으로 나오려 했다는 것을 알고 치사토는 황급히 방 안으로 돌아갔다.

"나, 앞으로 어떻게 해야 돼?"

오늘 일을 아무것도 모르기 때문에 모두 마츠카제에 묻고 나서야 행동할 수 있다. 한심하다고 생각하는 반면, 알고 싶지도 않다는 생각도 들었다.

"지금 식사를 가져오겠습니다. 그 후에 준비를."

그러고 보니 어제 저녁도 못 먹었지. 그것을 의식하자 갑자기 배가 고팠다.

"……응, 알았어."

'좋았어!'

치사토는 가볍게 양손으로 뺨을 때리고 정신 똑바로 차리라고 자신을 타일렀다. 이제 정말 오늘밖에 없는 것이다.

'무슨 일이 있어도 꼭 집으로 돌아갈 거야!'

*　　*　　*

"오오카님, 이쪽 당의로 하시지요. 눈에 번쩍 뜨이는 색이라, 틀림없이 입궐한 분들의 눈을 끌 것입니다."

그런 말을 하면서 펼친 당의는 화사한 진노랑색 옷이다.

"그렇지만, 오늘의 주빈은 폐하와 치사토님입니다."

"오오카님은 경상전의 여어라고 불리는 분입니다. 조금 눈에 띄어도 상관없사옵니다. 게다가 이번에 오오카님의 옷차림을 보신 폐하가 잠자리로 부르실 지도 모르지 않습니까. 황후님이 저렇게 소란스러운 여인이라는 것은 폐하를 위해서도 안 될 일이옵니다."

"에, 에이세이(榮晴)."

"너희도 그렇게 생각하지 않느냐?"

오오카는 고참 궁녀가 희희낙락 말하는 것에 아무래도 납득할 수가 없었다. 오늘은 코요 천황과 치사토의 결혼 피로연이 거행되는 중요한 날이고 그런 때에 자신이 눈에 띄는 것은 좋지 않다고 생각한다.

게다가 치사토를 가리켜 황후에 어울리지 않는다고 당당히 입에 담다니, 본래라면 그 자리에서 목이 날아간들 이상하지 않다. 이곳 경상전의 주인이 오오카라 해도 그 정점에서는 사람은 코요 천황이며 치사토는 그 황제가 사랑하는 여인이다.

은근히 주의는 주었지만, 결코 납득은 못했다는 식으로 부드럽게 사과할 뿐이다.

'나는 그런 건 바라지도 않는데…….'

그러나 이 에이세이를 필두로 오오카를 섬기는 궁녀들은 자꾸 코요 천황과 접촉을 꾀하려 한다. 자신의 입장을 생각하면 이런 경사스러운 날에도 주인이 황제에게 부름받기를 바라는 그녀들이 나쁘다고 말할 수는 없었다.

분명 이것은 아버지도 알고 있을 것이다. 오오카가 입궁할 때도 코요 천황과 접촉을 도모하라고 몇 번이나 말했다. 본의 아니게 권좌에서는 내려갔지만 아버지는 좌대신이다. 본래라면 황제를 떠받쳐야 하는 신하가 황제를 배반하는 소리를 하다니, 오오카는 무서워서 견딜 수 없었다.

'내가 카즈아키님의 정실이 될 수 있을는지…….'

동궁 카즈아키는 아직 너무 어리다. 다음 황제가 되기로 정해져 있다고는 해도 몇 년, 아니, 어쩌면 수십 년 뒤의 일일지도 모른다.

보이지 않는 미래에 매달리는 것보다…… 라고 누구나 생각할 만한 일이다. 하지만 오오카는 그 상냥한 치사토를, 미래의 남편이 될 카즈아키를 배신하고 싶지 않았다.

"오오카님."

"……네."

결국 오오카는 그들이 말하는 대로, 마치 자신이 주역인 양 화려한 의상을 걸쳤다.

'그러고 보니 오라버니께 보낸 편지에는 도대체 무슨 말이 쓰여 있었을까?'

치사토의 궁녀 사카에가 가지고 온 오오카에게 보내는 편지 속에 몰래 숨긴 키요시게에게 보내는 편지. 그것을 받은 키요시게의 언짢은 표정을 보면 러브레터가 아니라는 예상은 되었고 치사토는 사과의 편지라고 말했다. 거기에 무엇이 적혀 있었는지 궁금했지만 에이세이에게 들키면 큰일이라고 생각했기 때문에 그 자리에서 키요시게에게 물어볼 수 없었다.

치사토와 오빠는 무엇인가 둘만 통하는 분위기를 가지고 있다. 오오카는 그것이 무엇인지 궁금했다.

"왜 그러시나요?"

"응?"

문득 정신이 드니 오오카는 멍하니 생각에 잠겨서 뒤로 돌아간 궁녀가 들고 있는 히토에(單衣)에 팔을 넣는 것도 잊은 모양이다.

"아, 아니, 아무것도 아니야."

오오카는 당황해서 그렇게 말하고 다시금 채비를 시작했다.

“오오카님, 동궁님께서 납셨습니다.”

“카즈아키님께서?”

그리고 채비가 끝나고 한숨 돌릴 무렵 경상전에 카즈아키가 왔다.

오늘은 아버지인 코요 천황의 경삿날이다. 동시에 동궁이 건재하다는 것도 대외적으로 보여줄 좋은 기회일 것이다.

코소데(小袖), 오오구치하카마(大口袴, 옷자락을 넓게 한 하카마), 히토에, 우에노하카마(表袴, 오오구치하카마 위에 입는 하카마), 시타가사네(下襲, 내의), 쿄(뒤로 길게 뺀 시타가사네의 옷자락), 호에키호(縫腋袍, 소맷부리를 단 포), 세키타이(石帶, 포의 허리를 조이는 띠). 시타가사네 위에 한피(半臂, 포 아래에 착용하는 짧은 옷)를 착용한 정식 예복을 갖추고 나타난 카즈아키는 지금까지 만난 어느 때보다도 어른스러워 보였다.

“마중 나왔습니다.”

“화, 황공하옵니다.”

오오카는 시선을 맞추는 것조차 부끄러워서 그만 눈을 내리깔았다.

“아바마마의 경사를 함께 경하드릴 수 있는 것을 기쁘게 생각합니다."

"네, 네."

"그럼, 가볼까요."

그 말을 듣고, 황급히 에이세이의 도움을 받아 일어섰다.

"제가 손을 잡을까요?"

"괘, 괜찮습니다."

오오카는 도저히 카즈아키의 손을 만지지 못하고 빈손으로 옷자락을 들었다.

* * *

'지금쯤 치사토는 일어났을까?'

아침에 일어났을 때 치사토는 아직 단잠에 빠져 있었다. 추웠는지 가냘픈 몸을 자신에게 매달리듯 달라붙어서 팔을 두르고 있었지만, 그걸 말해도 틀림없이 거짓말이라고 우기겠지.

코요는 문득 미소를 흘리고 어젯밤의 치사토의 교태를 떠올렸다. 오늘 일이 있기에 무리를 시킬 수는 없다고 생각했지만, 한번 접촉을 하면 아무래도 참을 수가 없어 끝까지 그 몸을 탐하고 말았다.

틀림없이 께느른한 시선으로 준비를 하고 있을 것이다.

뒤치다꺼리를 하는 게 궁녀들밖에 없어서 다행이다. 남자가 있었다면 정조가 위험했으리라.

"이번 경사를 감축드리옵나이다."

"……."

귀에 닿은 목소리에 코요는 의식을 앞쪽으로 되돌렸다.

아침부터 벌써 몇 번째 사람일까. 치사토와의 결혼을 축하한다는 귀족의 말에, 코요는 의젓하게 고개를 끄덕였다. 아직 치사토가 나타나지 않아서 발은 위로 올린 상태였기 때문에, 상대의 표정이 잘 보인다. 말이나 목소리만으로는 알 수 없는 상대의 본심을, 눈을 보기만 해도 명확하게 읽을 수 있었다.

'허참, 다들 하나같이 마음에도 없는 소리를…….'

하기노의 양녀라는 형태만 갖춘 치사토를 실제로 아는 사람은 극히 한정된 인간뿐이었다. 말하자면 어디서 굴러먹던 자인지도 모를 사람이 갑자기 나타나 황제의 정실 자리에 들어앉았다고 보는 사람이 많다는 것이다.

측실이라면 또 모를까, 갑자기 정실로 맞이하다니, 상당한 물의를 자아낸 모양이다. 물론 대놓고 황제의 결정에 이의를 제기하는 자는 없지만, 이전 황후가 세상을 떠난 후 새로운 권력도를 그리려고 했던 자들에게는 아닌 밤중에 홍두깨였을 것이다.

처음에는 그처럼 자기 욕심밖에 모르는 자들을 견제하기 위해 갑자기 나타난 치사토를 이용하려고 했던 것도 사실이지만, 지금은 정말 치사토를 사랑스럽게 여기고 있으며, 정치적인 의도에 이용할 생각도 없다.

이번에 대대적으로 치사토의 이름과 얼굴을 공표하여 아무도 참견할 수 없도록 하는 것은 치사토에게 각오를 굳히게 하는 것과 동시에 코요의 각오도 모두에게 알리기 위해서였다.

"폐하."

"……오오, 사이죠로구나."

그다음으로 인사를 올리러 나타난 것은 좌대신, 사이죠 토키시게다.

"잘 왔네."

"폐하와 치사토님의 기쁜 날을 소신의 눈으로 보지 않을 수가 있겠습니까?"

그렇게 말하고 고개를 든 토키시게의 얼굴은 웃고 있지만 눈은 웃지 않았다.

"드디어 치사토님을 알현할 수 있는 날을 기대하고 있었습니다."

"그랬구나."

"폐하의 어안에 든 공주님이니, 어떤 분인지 어서 배알

하고 싶사옵니다."

마음에도 없는 소리를 잘도 이렇게나 미소 지으면서 할 수 있군.

"그렇다 치더라도, 하기노님은 어디에 공주님을 숨겨두셨던 겐지. 정해진 상대가 없다고는 들어서 알고 있었지만……."

코요가 비밀리에 조사하게 했을 때도 사이죠가 치사토의 정체를 알아보기 위해 꽤 광범위하게 조사를 시킨 것 같다는 보고를 받았다. 설마 하늘에서 내려온 천상인일 줄은 눈치채지 못했는지 결과적으로 하기노의 친척이라고 믿고 있는 모양이다.

아마 정적인 하기노가 순조롭게 지반을 굳혀가고 있다는 데 대한 조바심도 있을 것이다. 그 강한 마음이 코요 천황을 지지하는 방향으로 가면 좋겠지만 묘하게 일그러져 버렸기 때문에 어찌할 도리가 없다.

치사토의 얼굴과 이름은 널리 알리고 싶지만, 그 정체를 아는 사람은 극히 한정된 범위여야 한다. 특히 사이죠에게는 이래저래 진상을 추궁당하고 싶지 않다. 코요는 치사토에게서 화제를 돌리려고 물어보았다.

"……사이죠, 최근에는 정무에도 별로 얼굴을 보이지 않는다고 들었는데, 몸이라도 안 좋은 게냐? 선왕 대부터 섬겨주던 소중한 몸이다. 쉬어도 무어라 할 이가 없느니라."

속마음을 떠보며 말하자 사이죠의 얼굴에서 미소가 사라졌다. 한순간 거기에 살의 같은 것이 스쳐 지나갔지만, 역시나 교활한 늙은이라 그 얼굴은 순식간에 숨고 다시 미소가 돌아왔다.

"분에 넘치는 말씀 감사합니다. 하오나 이 사이죠, 아직도 젊은 사람에게 맡기기만 할 수는 없사옵니다."

"……그러냐?"

아무리 굴욕을 뒤집어써도 은퇴는 하지 않을 모양이다. 아직도 욕심은 있는가 보군 하고 기가 막혀할 때, 사이죠는 이상한 말을 꺼냈다.

"폐하, 소신의 불초 여식, 경상전의 후궁은 만나보셨습니까?"

"오오카 말인가? 만났지, 제법 괜찮은 여인이더군."

"그런가요? 딸아이도 동궁님은 물론, 폐하를 성심성의껏 모실 생각입니다. 부디 총애해 주시옵소서……."

"……."

'딸을 나에게?'

카즈아키와 나이와 신분이 어울리는 공주로서 오오카의 입궁을 추진했지만, 거기에 지위가 내려간 사이죠의 체면을 세워주려는 생각도 조금 있었다. 하지만 아무래도 사이죠는 그 이상의 단물을—오오카를 코요 천황에게 짝지어 주려는 것 같다.

치사토를 정실로 선보이는 연회 자리에서 설마 그런 말을 할 줄은 몰랐던 코요는 분노를 느끼기보다 다시금 기가 막혔다.

"그래……. 이대로 건강하게 성장하면 필시 동궁이 좋아하겠지."

"폐하."

"물러나거라, 사이죠, 다른 이들도 기다리는구나."

그제야 겨우 사이죠는 자신의 실수에 대해 깨달은 것 같다.

아무리 그래도 황제의 기분을 상하게 했다가는 곤란하다고 생각했는지, 사이죠는 그 말을 계기로 자리에서 물러났다. 어차피 어디선가 치사토의 얼굴을 보겠지.

'그 사랑스러움에 눈이 멀지 않으면 좋으련만.'

사이죠와 교대하듯이 찾아온 것은 하기노였다. 마치 노린 것 같은 그 타이밍에, 코요조차도 쓴웃음을 흘렸다.

"사이죠를 보지 못했나?"

"방금 지나쳤사옵니다."

"아무 일도 없었는가?"

"조금 눈총을 받은 정도입니다."

"하하하."

이런 기분 좋은 문답은 사이죠에게는 무리다. 코요가 하기노를 중용한 것은 정치 수완은 물론, 이 재치를 인정하고 있기 때문이다.

"드디어 오늘을 맞이하셨군요."

"그래, 길었지."

코요는 일각이 천추 같은 마음으로 기다리고 있던 탓인지, 한참 시간이 걸린 것처럼 느꼈다. 유능한 신하들이 움직여 주고 스스로도 어느 때보다 적극적으로 정무에 종사한 탓에 실제로는 계획보다 빨랐는데도 전혀 그렇게 느껴지지 않았다.

처문을 마쳤기 때문에 사실혼이지만 황제의 정실쯤 되면 몸을 맞추고 끝이라고 할 수는 없다. 그에 따른 다양한 잡무가 이렇게 귀찮을 줄이야. 코요에게 있어서도 이번에 처음으로 알게 된 일이다.

세상을 떠난 전처는 처음부터 정실이 되기 위해 입궁했기 때문에 모든 절차가 원활하게 집행되었다.

"폐하께서는 그렇게 말씀하시지만 이번에 준비를 하는 사람들은 야단법석이었다고 하더군요. 하루라도 빨리 하라고 폐하가 닦달을 하셔서 어쩔 수 없다고 푸념을 하는 자도 속출했다고 풍문으로 들었사옵니다."

"평온한 나날을 보내고 있었던 놈들에게는 좋은 자극이 되었겠지."

"하긴, 그럴지도 모르겠군요."

"진정 그렇게 생각하느냐?"

"세상이 평화로운 것도 폐하의 진력이 있었기 때문이지요. 우리들은 그 말에 불과하니 말입니다."

"……."

코요는 눈을 가늘게 뜨고 웃으며 손에 들고 있던 샤쿠(笏, 예복을 갖추어 입었을 때 오른손에 드는 나무 조각)를 슬쩍 당긴다. 그 의도를 알아차린 하기노는 근처에 시선을 보내고 나서 코요 쪽으로 다가갔다.

"나중에 치사토의 모습을 보러 가주지 않겠느냐."

"뭔가 마음에 걸리는 것이 있으십니까?"

"지난 며칠 동안 치사토는 사이죠 키요시게와 접촉을 했느니라. 짧은 시간이지만 둘이서 이야기를 나누는 시간도 있었던 모양이더군."

"그 남자를……."

처문에서 도망치기 위해 치사토가 하기노의 저택을 빠져나가 키요시게의 도움을 요청했다는 것을 하기노도 알고 있다. 그때 대놓고 죄를 묻지는 않았지만 그 이후 본인에게 눈치채이지 않게 키요시게를 감시하고 있었다.

"다른 이도 아니고 치사토니 말이다. 아무것도 할 수 있을 리가 없지만 엉뚱한 것을 생각하지 않는다는 법도 없지. 허나 이 피로연을 무사히 끝마치면 치사토도 쉽게 도망치려고 생각하지 않을 게야."

"오호라, 하면 소신은 자연스럽게 치사토님에게 진언하지요."

"부탁하네."

곧장 일어선 하기노가 그 자리를 물러나자마자 다음 귀족이 인사하러 찾아왔다.

귀찮지만 치사토와의 결혼을 축하하러 와준 이들이다. 그들이 마음속으로는 무엇을 생각하든 간에, 코요는 일부러 얼굴에서 미소가 끊이지 않고 기뻐하는 듯한 모습을 보였다.

"지금 짐은 치사토밖에 눈에 들어오지 않는다."

"허참…… 치사토님은 어지간히 멋진 공주님이신가 봅니다."

만나는 사람 모두에게, 코요는 자신이 치사토에 푹 빠졌다는 것을 말이나 태도로 여실히 전했다. 황제인 자신이 그토록 총애하고 있으니 그 자리에서 끌어내려고 생각해 봤자 소용없다고 알리기 위해서다.

치사토의 이름을 처음 듣는 귀족들은 흥미진진했고, 신

하들 중에 떨떠름한 표정을 짓는 사람도 있었지만, 코요는 일절 아랑곳하지 않았다.

이제 몇 명을 상대로 한 것일까.

갑자기 주위가 소란스러워져 코요는 고개를 들었다. 그 눈에 비친, 어느 때보다 많은 수행원을 거느리고 온 일행의 모습을 보고 코요는 오늘 지었던 표정 중 가장 자연스러운 미소를 띠었다.

"아바마마."

"카즈아키."

미리 참석하겠다는 말은 들었었지만, 이렇게 빠짐없이 나타나 준 것에 대해 안도했다. 생각 이상으로 치사토와 접근했다는 데 조금 불만도 있었지만, 여기에 왔다는 것은 아버지의 새 아내로서, 자신의 새어머니로서 인정해 준 것이다. 다른 누구보다 자기 자식의 축복은 기쁘다.

황녀들은 아직 어리기 때문에 이번 연회에 참석하게 하지는 않았지만 가까운 시일 내에 만나게 해줘야겠구나, 라고 생각하면서 카즈아키의 등 건너편을 보자 거기에는 조신하게 얼굴을 부채로 가린 소녀가 조용히 따라와 있었다.

의상은 여기에 있는 누구보다 화려하지만 그 소행은 아무래도 움찔움찔 불안해하고 있다. 그 뒤에 있는 궁녀가 더 자랑스러운 듯한 표정을 짓고 있는 것에 눈길을 두고, 여자들이란 하여간, 하고 새어나올 것 같은 한숨을 눌러 죽였다.

카즈아키는 코요 앞에 오자 예를 갖추어 절을 했다. 오오카도 마찬가지로, 아니, 그 이상으로 깊이 고개를 숙였다.

"이번 치사토님과의 성혼, 진심으로 기쁠 따름입니다."

"아아, 고맙구나."

마찬가지로 오오카도 축하의 말을 전한다.

"경하드리옵나이다."

"잘 와주었다."

"어머님께서는……."

"아직이다. 어젯밤 정을 통하며 귀여워한 탓인지도 모르겠구나."

주위에 들리지 않도록 작은 소리로 말했지만 오오카의 귀에는 들어간 것 같다. 오오카는 얼굴을 새빨갛게 물들이고, 카즈아키는 기가 막히다는 시선을 보냈다.

"이런 장소에서 하실 말씀이 아니라고 생각합니다만."

"신이 나서 그래, 이래봬도 말이지."

"어머니…… 치사토님을 이제 공식적으로 황후로 맞이했기 때문입니까?"

"그런 게지."

"……아버님께서 얼마나 치사토님을 아끼고 계신지 아

주 잘 알았습니다. 이래서야 제 형제를 만날 날이 머지 않았는지도 모르겠네요.”

“……그렇지.”

‘그러고 보니 카즈아키에게는 아직 말하지 않았던가?’

치사토가 소년이라는 것, 아이를 낳을 것 없다는 것을, 코요는 벌써 말한 줄 알았다. 그러나 이 말투를 봐서는 그런 의미로는 말하지 않았다는 것이다.

동궁은 카즈아키 이외 없다고 똑바로 전해두는 것이 좋을까. 게다가, 치사토가 남자라는 사실을 알면 카즈아키도 치사토에 대한 관심이 희미해질 것이 틀림없다.

하지만 이런 장소에서 말했다가 어떤 놈들의 귀에 들어갈지. 특히 사이죠에게만은 약점을 잡혀서는 안 되는 시기니 날을 따로 잡아 다시 말하면 된다.

“오오카.”

“네, 폐, 폐하!”

긴장되어 목소리가 뒤집어진 오오카에게 코요는 정원을 가리켰다.

“이제 곧 춤도 시작된다. 오늘은 즐기고 가거라.”

“네.”

깊이 고개를 숙인 후 오오카는 카즈아키의 뒤를 따라 물러났다. 이렇게 보면 두 사람은 어울리는 것 같다는 생각이

든다.

'그 아버지를 닮지 않아서 다행일까…….'

틀림없이 사이죠에게서 카즈아키를 농락하고 손바닥 위에서 가지고 놀라는 말을 들었겠지만 오오카의 저 유약한 성격을 보면 그것도 무리일 것이다. 이대로 사이죠의 압력이 강해지면 오오카가 먼저 무너져 버릴지도 모른다. 그래서야 너무나도 가엾다.

그렇게 생각하면 일찌감치 후궁으로 입궁시킨 것은 정답이었다. 아무리 아버지라고 해도 한번 입궁하면 황제 이외의 남자와 자유롭게 면회할 수는 없다. 이 기간 동안 오오카에게 카즈아키와 일생을 함께할 각오를 갖게 하면 된다.

그렇게 생각하면서 시선을 흘린 코요의 눈에 천천히 이쪽으로 다가오는 화려한 집단이 들어왔다.

"폐하."

나타난 것은 코요의 여어, 다섯 명의 측실이다.

동궁 카즈아키를 낳고 삼 년 후에 죽은 황후 뒤에, 당시부터 있던 후궁 외에 새로운 세 명의 후궁을 입궁시켰다. 모두가 카즈아키 이외의 아이를 낳기 위하여 주위가 코요에게 억지로 권한 것이다.

원래부터 있던 여어 나츠하(奈津巴)에게는 다섯 살짜리 황녀, 새로 여어가 된 유야(柚野)에게는 세 살과 두 살짜리 황녀, 그리고 아키코(亞貴子)에게는 한 살짜리 황녀가 태어나, 결과, 코요에게는 한 명의 황태자와 네 명의 공주가 있다.

태어난 아이가 모두 공주였던 이유도 거들었는지, 아이를 낳은 후궁들은 그 이후에도 적극적으로 관계를 가지려고 편지와 사자를 보냈지만, 코요는 몇 번 관계를 가진 것으로 충분했다.

안 그래도 이 다섯 명 뒤에 앞 다투어 권력을 잡으려 하는 무리의 모습이 비쳐 보인다. 카즈아키 이외의 황태자가 태어나면 그 후 치열한 후계자 문제가 발발하여 피비린내 나는 가족의 암약이 벌어질 것은 분명했다.

그것을 피하기 위해서도, 아니, 자신의 마음의 안녕을 위해서도 뒤끝이 없는 놀이를 반복 한 것도 이제 과거다.

카즈코(一子)와 사에(紗江), 두 명의 여어에게는 아이가 생기지 않았지만, 온화하고 얌전한 두 사람은 치사토와 만나기 전에는 코요의 마음의 위안이기도 했다.

"폐하, 성혼을 경하하옵나이다."

"경하하옵나이다."

나츠하의 목소리에 맞추어 네 명이 일제히 축하 말을 전했다. 화사한 후궁들의 모습에 주위도 흥미진진한 시선을 보냈다.

"갑작스러운 일인지라 조금 놀라긴 했습니다만……."

"폐하의 행복을 바라고 있었으므로 기쁜 일이라 여기고 있사옵니다."

"정실께서 계시지 않은 시간이 길었잖습니까."

나츠하, 유야, 아키코가 연달아 말하는데, 코요는 입가에 희미하게 떠오른 미소를 샤쿠로 가렸다.

'마음에도 없는 소리를 잘도 하는구나.'

자기야말로 다음 정실이라고, 저택에서 일하는 사람들에게 당당하게 퍼뜨리고 다니던 것을 자신이 모를 줄 아는 것일까. 물론 아이를 낳아준 것에 대해 감사를 하고 있으며 황녀들도 귀엽다고 생각하지만, 그렇다고 해서 평생 함께하고 싶은 상대는 여기에는 없다.

만약 치사토과 만나지 않았더라면 이 다섯 명 중에서 정실을 선택했을 가능성이 크지만 치사토를 알게 된 지금 그 가능성은 전무하다.

"공주들은 어떻게 지내느냐."

"폐하를 만나고 싶다고 떼를 쓰는 통에 참으로 고생했사옵니다. 이런 기회가 없으면 폐하를 만날 수도 없사오니."

아키코가 비난하듯 말한다. 아이를 만나러 오라고 은근슬쩍 말하는 것이지만, 자신도 육아는 유모에게 맡기고 손을 놓았기에 실제로 황녀가 울고 있는 모습은 보았을 리가 없다.

"……그것참 가엾게 됐구나."

"조만간 얼굴을 보여주소서."

"알았다."

"폐하, 치사토님은 아직 오시지 않았나요?"

탐색하는 것 같은 유야의 눈빛에 코요는 고개를 끄덕였다.

"장시간에 걸친 잔치니까 치사토에게 부담이 되지 않도록 천천히 나오라고 말했다."

"……그러신가요."

"너희들과의 대면은 후일 따로 시간을 만들지. 오늘은 나와 치사토의 경사스러운 날이다, 즐기도록 하여라."

"어머, 그것참 기대되네요."

"폐하의 배려, 감사드립니다."

치사토와 대면할 생각이 가득했던 세 사람과는 달리, 이치코와 사에는 얼굴을 마주 보고 웃고 있다. 저렇게까지 태평해지라고 말하지는 않겠지만, 저 세 사람도 지금의 지위에 만족하면 좋겠는데 말이지.

정실은 될 수 없지만 스스로 친정으로 돌아가겠다고 청하지 않으면 이대로 여어의 지위에 놓아둘 생각이다. 그만한 지위이고 권위도 있다. 넘치는 욕심을, 아니, 분수를 모르는 야심을 품어도 곤란하다.

“…….”

코요는 옆에 대기하고 있는 궁녀 중 한 명에게 신호를 보냈다. 곧장 그 의도를 헤아린 궁녀가 후궁들에게 머리를 숙인다.

“그럼 여러분, 자리로 안내하겠사옵니다.”

“……벌써?”

“자, 이쪽으로.”

아무래도 치사토의 얼굴을 볼 때까지 여기에 눌러 앉을 작정이었던 것 같지만, 재차 재촉을 받고 코요도 말없이 샤쿠를 움직이자 더 강하게 나올 수 없다.

“그럼 폐하.”

마지못해 말하고 나서 일어난 여자들은 당당히 가슴을 펴고 준비된 자리로 이동했다.

일대일로 만날 때도 상당한 마음고생을 했지만, 집단이 되면 더 다루기 어렵다. 그러나 외견은 화려한 여인들이기에 주위에서는 감탄 어린 시선이 쏟아졌다.

‘치사토가 오기 전이라 다행이군.’

오만하게도 보이는 태도겠지만 이것이 정치적 관계로 맺어진 남녀 사이이다. 상대도 그것을 납득하고 있으며 코요도 고칠 생각은 없다. 자신이 마음을 기울이고 상대도 갈구하길 바란다고 강하게 생각한 것은 치사토 단 한 명이다.

"치사토는 아직 멀었는가?"

생각하자 그 모습이 그리워졌다. 마침 술을 가져온 사람에게 묻자 '지금 보고 오겠습니다' 하고 물러났다.

정원을 사이에 둔 자리에서는 이쪽의 모습은 잘 안 보일 것이다. 모처럼 치사토를 여기까지 데려올 수 있는데, 불쾌한 생각은 하고 싶지 않았다.

*　　*　　*

'무, 무거워…….'

제자리에 서서 궁녀들에게 몸을 맡기고 그들이 입히는 대로 기모노를 걸칠 뿐인데, 치사토는 어깨가, 아니, 몸 전체가 무거워서 기절할 지경이었다.

"마츠카제~"

"오늘만큼은 참아주십시오."

평상시라면 익숙지 않은 옷에 힘들어하면 마츠카제가 입는 옷의 벌수를 줄여주었다. 공부를 했을 때, 쥬니히토에(十二單)라는 것은 '열두 벌이나 기모노를 입는다고?' 라고 단순히 놀랐을 뿐이었지만 실제로는 '정확하게 열두 벌을 입는 것이 아니다' 라는 것을 알았다. 그래도 열 장 가까운 두꺼운 천을 몸에 감는 것이다. 원래 체력에 자신이 없는 치사토에게는 고문에 가깝다.

"숨 막혀……."

"잔치 동안에는 계속 앉아 있을 테니 약간은 편할 것입니다."

"그렇게 말해도~"

발 너머이긴 하지만 많은 사람이 보는 가운데 긴장해서 쓰러질지도 모른다고 지금부터 기우를 한다. 곁에는 코요도 있는 것 같지만 들뜬 기분으로 오늘을 맞이한 남자에게 무엇을 기대할 수 있겠는가.

'반대로 이상한 장난을 칠 수도 있다고.'

치사토가 눈썹을 찌푸리자 긴 가발을 정돈해 주던 사카에 등이 마츠카제를 돕기 위해 앞으로 돌아왔다. 아무래도 머리는 다 된 모양이다.

'머리도 무겁다고…….'

"……다 되었습니다."

"……어?"

"정말…… 아름다우십니다, 치사토님."

"……고맙다고 말해도 될지 어떨지 고민되는걸."

색의 조화를 생각해서 겹친 옷. 이번에 그 가장 바깥에 입게 된 당의는 흰색이다. 금사와 은사로 섬세한 무늬가 그려져 있는 그것은, 기모노의 가치를 모르는 치사토가 봐도 비싸 보이는 것이었다.

무엇보다, 백색이라는 게 웨딩드레스를 연상시켜서 왠지 미묘하다. 치사토는 자신의 모습을 내려다보고 한숨이 나올 것 같았지만 간신히 참았다.

"마츠카제님."

그러던 참에 바깥에서 소리가 들렸다. 남자 목소리이기 때문에 아마도 호위를 맡은 사람 일 것이다.

"무슨 일입니까."

"태정대신님께서 치사토님을 뵙기를 청하셨사옵니다."

"하기노님께서?"

"어?"

태정대신이라고 해도 감이 오지 않았지만, 하기노의 이름을 듣고 치사토는 무심코 고개를 들었다. 오늘 이런 때, 여기에 올 줄은 생각도 못했다.

"채비는 다 되었습니까?"

옷을 갈아입는 중이라면 큰일이라는 생각에 말을 건 것 같다. 하지만 그 말투를 들으면, 아무래도 면회 자체는 이미 정해져 있는 것 같다. 물론 거기에는 코요 천황의 허가가 필요하다. 그 남자는 어떤 의도로 이 시기에 치사토와 하기노를 만나게 하려고 생각한 것일까.

고민해도 어쩔 수 없이, 분주하게 정돈된 발 안쪽에 앉혀

진 치사토는 그가 방문하기를 기다릴 수밖에 없었다.

곧 멋쟁이 아저씨, 하기노가 나타났다.

"바쁜 와중에 미안하구나."

"아니요, 채비는 벌써 끝나 있었사옵니다."

발 너머로 하기노를 보면 아무래도 그도 오늘은 예복을 입고 있는 것 같다. 치사토는 옷의 차이는 잘 모르겠지만, 그래도 어느 때보다 격조 높은 분위기를 자아내고 있다는 것은 느꼈다.

"드디어, 피로연이로군요."

"……뭐, 그렇죠."

"왜 그러십니까. 그다지 기뻐하는 기색이 아닌데요."

"……."

'그쪽도 알고 있을 텐데.'

치사토가 코요와의 결혼을 원치 않는 것은 하기노도 잘 알고 있을 것이다. 아니, 그의 준비에 의해 처문 의식이 완수되었다는 것은 지금 생각해도 화가 난다.

그러나 이미 여기까지 온 것이다. 오늘 하루는 코요 말대로 얌전히 있고, 밤에는 반드시 이 세계를 떠난다. 질질 여기에 있다가는, 틀림없이 자신의 마음이 바뀌어 버릴 것 같아서…… 무섭다.

"치사토님."

"……이미 시작되었나요?"

언제나 조용한 광려전에서도 음악과 떠들썩한 웅성거림이 들린다. 벌써 연회, 아니, 잔치는 시작되어 있는 모양이라 치사토는 그 분위기가 궁금했다.

"그렇습니다. 이미 많은 사람이 입궐해서 폐하와 치사토님의 성혼을 축하하고 있습니다. 치사토님의 존안을 뵙지 못한 사람은 어서 신부를 만나고 싶어 애태우고 있습니다."

"어, 얼마나, 있나요?"

"지금은…… 오육십 명 정도일까요."

"어……."

"폐하께옵서 치사토님을 널리 선보이고 싶다고 말씀하셨습니다. 최종적으로는 이백 명에 가까운 사람이 방문할 것입니다."

"우와……."

원래 눈에 띄는 것이 싫은 치사토는 그만큼 많은 인간이 본다는 것에 새삼 압박을 느꼈다. 코스프레를 하고 있다고 딱 잘라 구별할 수가 없다. 발 너머이긴 하지만 전혀 보이지 않는 것은 아니라, 기척만 느껴진다 해도 위가 아플 것 같다.

'배가 아프다는 핑계를 대고 이대로 땡땡이치면…….'

치사토는 힐끗 뒤에 대기하고 있는 마츠카제에게 시선을 주었다. 시선이 마주친 마츠카제는 생긋 미소 지으며 작은 목소리로 말했다.

"도중에 휴식은 충분히 넣었으니 피곤하실 일은 없을 것입니다."

무언의 호소는 즉시 기각된다. 아무래도 땡땡이는 허락하지 않을 모양이다.

"치사토님."

후우~ 한숨을 쉰 치사토는 정색하는 하기노의 말투에 질겁하고 어깨를 움찔했다. 무슨 소리를 들을지 몰라 긴장하자 그는 조금 말투를 누그러뜨리고 말했다.

"알현을 바라는 자들 가운데에는 치사토님의 태생을 캐내고자 하는 이들도 적지 않을 것입니다. 허나 치사토님은 그것에 대답할 필요가 없습니다. 미소 짓고 '감사합니다'는 한마디 인사 외에 친히 말씀을 하실 필요는 없습니다. 모든 것은 폐하께서 잘 해주실 겁니다."

"하기노 씨……."

하기노는 아무것도 아닌 것처럼 말하고 있지만, 아무리 생각해도 수상한 인간인 치사토와 코요의 결혼을 좋게 생각지 않는 인간은 많을 것이다. 하지만 오늘만큼은 사람을 고르지 않고 받을 테고, 그렇다면 침묵하고 말하지 않는 것이 가장 무난하다는 것이리라.

이야기하지 않아도 되는 것은 기쁘지만 그렇다고 해서 모든 것을 코요에게 맡긴다는 것은 그의 비호를 받는 느낌이 강하다. 그것도 재미없다고 내심 생각하고 있노라니 하기노가 낮은 웃음을 흘렸다.

"뭐, 뭔가요?"

"내키지 않을지도 모르지만 폐하에게 모두 맡기시죠."

"윽……."

'어, 어떻게 알았지?'

직접 얼굴을 보는 것도 아닌데, 소리나 기색으로 지금의 기분을 눈치챘다는 말인가.

그저 상냥하기만 한 사람이 아니라고 재차 알게 된 기분이 들어, 치사토는 약점을 보일쏘냐 하고 입을 앙다문다.

"응?"

그때 더 환성이 커졌다.

주역 중 한 사람은 여전히 부재중이지만 아무래도 연회는 한창 흥이 오른 것 같다.

"이제 슬슬 납실까요."

"네?"

"귀여운 딸을 화려한 무대로 인도하는 역할은 아버지가 담당해도 상관없겠죠."

묘하게 들떠 있는 듯한 하기노의 말에 치사토는 도움을 요청하듯이 마츠카제를 본다. 하지만 그녀는 가볍게 고개를 끄덕이고 즉시 이동할 준비를 시작했다.

"마, 마츠카제!"

"하기노님께서 모셔가는 것이 치사토님에게도 좋지 않을까 생각하옵니다. 틀림없이 폐하께옵서도 그리 생각하신 것이겠죠."

"에, 그, 그래도."

"발을 올리거라."

주저하는 치사토의 말은 귀에 들어오지 않는 것처럼 마츠카제가 명령했다. 슬슬 발이 올라갔다.

"호오……."

오늘 처음으로 얼굴을 제대로 본 하기노는 치사토의 옷차림을 보고 웃음을 지었다.

"내 딸이지만 참으로 아름답구나. 이것이라면 어디에 내놓아도 부끄럽지 않은 공주님이야."

"……기쁘지 않거든요."

치사토를 남자라고 알고 있으면서 마치 성별을 무시하는 것처럼 말하는 하기노에게 불평하고 싶지만, 아무리 그래도 이 자리에서는 곤란하다는 것은 알고 있다.

"자아."

치사토는 하기노가 뻗은 손을 가만히 노려다보고 한순간 망설였다. 정말 지금부터 결혼 피로연을 위해 많은 사람 앞에 서는 걸까 하고 생각하면, 납득은 하고 있었는데도 좀처럼 다리가 움직이지 않는다. 가능하면 이대로 도망치고 싶지만 당연히 그것도 무리일 것이다.

"황후마마."

"……마마는 제발 그만두세요."

"치사토님."

"……."

다시 재촉받은 치사토는 마지못해 내민 손을 잡았다. 이대로 계속 손을 잡고 가야 하나 생각하니 머리가 아팠다.

동향전으로 향하는 길에 스쳐 지나간 자들은 모두 그 자리에 무릎을 꿇고 저마다 축하의 말씀을 전했다.

"축하합니다."

"축하합니다, 치사토님."

광려전 안에는 치사토에 대해 알고 있는 사람들도 많아, 그들은 치사토의 이름을 불러준다.

"치사토님."

"……."

"얼굴."

"……."

"상냥하게 미소를 지어주십시오."

뒤에 따라 오는 마츠카제에게서도 몇 번씩 주의를 받고, 처음에는 최대한 미소를 지으려고 생각해도 점차 얼굴이 굳어지는 것은 봐줬으면 좋겠다.

지금까지 본 적도 없을 정도로 많은 사람이 자신을 본다. 그 압박감은 각오했던 것보다 힘들었다.

'가, 가면이라도 쓰고 싶어…….'

들고 있는 부채로 얼굴을 숨겼지만, 그렇다고 해서 모든 시선에서 벗어날 수 있는 것은 아니다. 불편한 기분으로 부채의 틈새로 주위를 살피자, 문득 그 안에 아는 얼굴이 눈에 띄어 무심코 앗! 하고 목소리를 높였다.

"치사토님?"

"아, 아무것도 아냐."

'키요시게 씨였어!'

정원에 키요시게의 모습이 있었다. 평소와 달리, 등에 화살을 지고 손에 활을 들고 있다. 혹시 경비병으로 동원된 것일까.

"……."

정원에 있던 경비병들은 치사토의 모습이 다가오면 그 자리에 한쪽 무릎을 꿇고 맞이해 준다. 키요시게도 마찬가지로 치사토와 눈이 마주치지 않았다.

'여기는 조금 머네.'

동향전으로 향하는 정원의 경비와 접촉하기는 거의 무리다. 안 그래도 주위의 눈도 있는 키요시게와 이후에 어떻게 연락을 하면 좋을까.

다시 편지를 쓴다고 해도 이제부터는 코요도 곁에 있을 테니 좀처럼 눈을 피해 행동하기는 어려울 것이고, 애초에 잔치 중에 그런 틈도 없을 것 같다.

'역시 낮이 아니라 해가 진 후가 아니면 움직일 수 없나.'

"동향전에 듭니다."

곧 한층 더 커진 환성에 치사토는 부채를 든 손에 꽉 힘을 주었다.

화려하고 아름다운 기모노를 입은 여자를 이렇게 많이 본 적이 없다. 치사토를 돌봐주는 궁녀들과는 명백히 다른 옷차림과 태도의 그녀들은 아마 귀족이라는 입장인지도 모른다. 여기저기에서 얼굴을 맞대고 입가를 가리고 수군수군 무슨 이야기를 하고 있다.

'……느낌 더럽네.'

이런 경우는 대부분이 험담이다. 그렇게 확신한 치사토는 특유의 오기가 자극되어 얼굴을 가리고 있던 부채를 내리고 일부러 생긋 미소를 보였다.

순간 주위가 쥐죽은 듯 조용해지더니, 이어 지금까지 이상의 큰 갈채가 오른다. 아무래도 자신의 외모를 칭찬하고 있는 것 같다. 여자 취급받는 것은 싫어하지만, 그렇다고 누가 여자로서 업신여기는 것도 재미없다. 복잡한 마음을 품고 앞으로 걸어간 치사토가 동향전 안에 들어가자, 정면에 느긋하게 앉아 있는 코요의 모습이 시야에 들어왔다.

"……."

'높은 자리에 앉아 구경하시는 느낌이 또 열 받는단 말이지.'

치사토의 눈에는 어떻게 봐도 히죽대는 모습으로만 비치는 코요의 미소도, 다른 사람들이 보기에는 고귀한 미소로 비칠지도 모른다. 그 부분에 대한 인식 차이는 어쩔 수 없다고 생각하면서 치사토는 하기노의 재촉을 받아 한 단 높은 자리로 들어가 앉았다.

"이제 일어났느냐?"

"……누구 탓이라고 생각하는 거야."

"짐 외에 네가 수면 부족이 될 이유는 없겠지."

"그러면 재수 없게 일부러 말하지 마."

스스로는 작은 목소리로 말했다고 생각해도 곁에 있는

하기노와 마츠카제에는 잘 들린 모양이다. 하기노는 참지 못하고 웃음을 터뜨렸지만, 마츠카제는 표정을 고치고 치사토에게 말했다.

"치사토님, 말씀을 삼가시지요."

"으…… 알고 있어."

이상한 소리를 할 생각도 없기 때문에 치사토는 입술을 꾹 다물었다. 하지만 코요는 얌전히 앉아 있는 치사토가 마음에 들지 않는 모양이다.

"여기에서 귀여워해 주면 네가 얼마나 사랑스러운지 일목요연할 텐데 말이다."

"……."

"어제 너를 귀여워해 주었던 붓은 짐의 보물로서 간직하고 있느니라. 또 그와 같은 놀이가 하고 싶어지면 언제든지 말하거라."

"……윽."

"이보아라, 치사토."

틀림없이 확신범이다. 치사토가 싫어하는 것을 즐기고 있다. 무시하는 것도 억울해서 무심코 주먹을 불끈 쥐고, 코요를 째려본 순간, 발이 슥 내려갔다. 불행인지 다행인지 치사토의 불경한 태도는 힐책하지 않을 모양이었다.

시야는 차단됐지만 큰 소리는 고스란히 들릴 것이라고

생각하기 때문에 치사토는 소리를 죽이면서도 똑똑히 불평했다.

"시끄러워."

"하하하, 더 이야기하거라, 치사토. 짐은 다른 누구보다 너의 목소리를 듣는 것이 즐겁단다."

"이봐, 너 말이야!"

"아바마마."

더 이상 참을 수 없어서 벌떡 일어설 뻔했지만 때마침 발 너머로 목소리가 들렸다. 코요 천황을 아버지라고 부르는 존재는, 치사토가 알기로는 단 한 사람밖에 없다.

"카즈아키?"

"어머님, 이번 경사를 감축드리옵나이다."

"고, 고마워."

감사인사는 하고 싶지 않지만, 카즈아키의 호의를 그대로 무시할 수 없어, 치사토는 쩔쩔매며 감사인사를 했다. 발 너머로 보이는 모습. 잘 보자 카즈아키 옆에 엎드린 소녀의 모습이 보였다.

"……오오카?"

"치, 치사토님, 폐하, 이번 성혼을 경하하옵니다."

주위의 소음에 지워질 정도로 작은 목소리였지만, 치사토에게는 똑똑히 들렸다.

"고마워. 일부러 두 사람 모두 와주었구나."

카즈아키의 아버지이기도 한 코요 천황의 경사스러운 자리다. 카즈아키가 오는 것도 당연하고, 그의 미래 신부이기도 한 오오카도 함께 와준 것이다.

자신이 축하받는 쪽, 신부라는 입장을 잠시 잊고 치사토는 기뻐했다.

"무, 물론입니다."

목소리만으로도 오오카가 치사토 이상으로 긴장하고 있는 것을 알 수 있다. 좋은 집안의 공주님인데 이런 떠들썩한 자리에는 그다지 익숙지 않을지도 모른다.

"혹시…… 여기까지 카즈아키와 함께?"

"……네. 경상전까지 마중 와주셨습니다."

"헤에."

그 대답을 듣고 치사토는 무심코 히죽히죽 웃어버렸다. 가능한 한 만나러 가달라고 자기 입으로 카즈아키에게 말했지만, 그가 약속대로 제대로 오오카와 교류를 가지고 있던 것이 기뻤다.

정략결혼이라도 두 사람은 잘됐으면 좋겠다. 이 시대에 그런 것을 생각하는 것이 이상한지도 모르지만, 치사토는 다시금 그렇게 생각했다.

"왜 그러느냐, 귀여운 얼굴을 하고."

"……"

하지만 치사토의 좋은 기분은 그 한마디로 단번에 바닥으로 떨어졌다.

'……어휴 참, 이럴 때 이야기에 끼어들지 말라고!'

모처럼 좋은 기분이었는데 하고 생각하면서 코요를 노려보자 남자는 한쪽 눈썹을 추켜세우고 무슨 일이냐는 양 웃고 있었다. 아마 오늘은 무슨 말을 해도 코요의 기분이 상하지 않을 것 같다. 어쨌든 여기에서는 이기지 못하니, 치사토는 부루퉁하니 입을 꾹 다물었다.

"아바마마, 너무 어머님을 놀리지 않는 것이 좋을까 생각합니다."

그때 카즈아키가 거들어줘, 치사토는 맞아 맞아, 하며 그 말을 받았다.

"아참, 여기로 들어오지그래?"

"네?"

"모처럼 만났잖아, 발 너머로 이야기하면 섭섭한걸."

만난 적도 없는 사람과는 달리, 치사토는 카즈아키도 오오카도 알고, 무엇보다 코요와 단둘이 이 자리에 있는 것은 정신 건강에 나쁘다. 황제 이외의 남자와 쉽게 만나면 안 된다고 마츠카제에게 듣긴 했지만, 카즈아키는 아직 어린 아이이고 코요의 아들이니 상관없을 것이라고 생각했다.

그러나,

"그것은……."

왠지 카즈아키는 곤란한 것처럼 말끝을 흐렸다.

"왜 그래?"

카즈아키 대신 코요가 자랑스러운 얼굴로 설명을 해왔다.

"치사토, 이러한 공식적인 장소는 자신의 남편 이외의 남자와 자리를 함께하는 게 아니니라. 그것이 내 아들이라 해도 마찬가지다."

"에에~"

그런 건 너무 섭섭하다고 호소하려 했지만 카즈아키는 정중하게 고개를 숙여 '말씀은 기쁘게 생각합니다' 라고 말해주었다. 더 이상 말하면 아마 카즈아키를 난처하게 할 것 같았다.

'역시…… 이상해.'

부모와 자식인데 자유롭게 만나는 것도 뜻대로 못한다니 너무 외롭다. 그러나 여기에서 그렇게 말하더라도 자신과 그들은 애초에 전제부터 다르니, 치사토는 입을 다물었다.

그사이에 카즈아키가 물러나는 것이 정해져 버렸다.

"그럼 아바마마, 저희는 이만 물러나겠사옵니다."

"그래. 와줘서 고맙구나."

코요가 짧은 감사의 말씀을 건넨 순간, 발 너머라 확실히 보이지는 않았지만 카즈아키가 기쁜 듯이 웃은 것을 알 수 있다.

"그러면 어머님."

"아, 그래, 고마워."

치사토도 당황해서 그렇게 대답하고, 옆에 앉은 남자의 옆얼굴을 힐끔 보았다.

'……기쁘면 기쁜 반응을 보이라고……. 거참, 알아먹기 힘드네.'

하지만 주구장창 카즈아키만 신경 쓰고 있을 수는 없었다.

카즈아키의 축하의 말을 시작으로 치사토는 코요와 함께 언제 끝날지 모르는 축하 이사를 끝없이 듣기 시작했다. 한 사람 한 사람은 그리 긴 시간이 아니었지만, 비슷비슷한 말을 계속 듣는 사이에 질렸다.

정신적 고통도 그렇지만 육체적으로도 천천히 피로가 축적되어 갔다. 몇 겹이나 껴입은 예복이 무겁고 힘들고, 하여간 난리가 났다.

'다리 펴고 싶다…….'

발 안쪽에 있는 사람은 치사토와 코요, 그리고 마츠카제 세 명뿐이다.

"마, 마츠카제."

"무슨 일이십니까?"

"다리 아픈데……."

이럭저럭 이제 한 시간 이상 정좌를 하고 있었다. 몇 킬로 나가는지 모를 기모노에다가 가발도 합쳐서 부담이 되었다.

치사토가 호소하는 말을 들은 마츠카제는 코요를 본다. 그가 고개를 끄덕이자 마츠카제는 잽싸게 치사토의 옆에 다가가 손을 빌려주었다.

"다리를 옆으로 눕히고…… 자, 어떠셔요?"

"한결 나아졌어."

사실 이대로 전부 벗고 다다미 위에 뻗고 싶었다.

하지만 치사토를 덮친 것은 다리의 통증뿐만이 아니었다.

"……앗!"

타이밍도 기막히게 뱃속에서 소리가 나는 바람에 치사토는 곧장 새빨개 져버렸다.

*　　*　　*

꼬륵~

무슨 소리인가 싶어 돌아보자 치사토가 얼굴을 새빨갛게 물들인 것을 보고 코요는 무심코 큰소리로 웃어버렸다.

갑자기 무슨 일이 있었나 하고 발 너머에서는 당황한 기색이었지만, 지금은 그런 것은 아무래도 좋다.

"마츠카제, 치사토에게 뭔가 먹을 것을 가져다 주거라."

"괘, 괜찮아."

뱃속에서 소리가 난 것이 상당히 부끄러웠는지, 치사토의 얼굴은 삶은 문어처럼 새빨갛게 물들어 있다.

오늘 아침은 느긋하게 재웠기 때문에 아침 식사도 그에 따라 느지막이 했을 것이다. 그렇다면 아직 점심때가 지난지 얼마 안 된 지금 배가 고플 리도 없지만……. 어쩌면 너무 긴장해서 도와달라고 배가 소리를 냈을지도 모른다.

"그럼 치사토님께서 좋아하는 생선회를 조금."

코요뿐만이 아니라 마츠카제도 웃음을 꾹 참고 있다.

"젠장……."

영 마음이 불편한지 작은 소리로 투덜대고 있지만, 그것조차 귀여운 허세로밖에 들리지 않는다.

"배가 고픈 것은 그리 이상한 일도 아니지 않느냐."

그렇게 타일렀지만 솔직하지 않은 치사토는 점점 고개를 숙였다.

"이, 이런 때에 난!"

"자, 이리 오너라."

"우왁!"

말보다 행동으로 보여주는 것이 치사토에게는 좋을지도 모른다. 코요는 치사토의 팔을 잡고 억지로 가슴에 끌어 들였다. 날씬한 몸은 품속에 쏙 들어와 두 번 다시 떼어놓고 싶지 않은 느낌이 들었다. 정작 당사자인 치사토는 버둥버둥 날뛰면서 조금이라도 거리를 두려고 하는 모습이 귀엽지만, 흐트러진 머리카락에서 엿보이는 목덜미를 슥 손으로 쓰다듬자, 우스울 정도로 쉽게 얌전해졌다.

"치사토."

"싫, 어!"

아무리 그래도 여기에서 치사토를 안지는 않지만, 드디어 맞이한 피로연에 코요도 들떠 있었다. 만약 여자에 푹 빠졌다면서 바보 취급당하는 일이 있다고 해도, 이렇게 사랑스러우니 어쩔 수 없다고 딴전을 부릴 수 있다.

"으응……!"

천정을 향한 치사토의 입술에 천천히 자신의 그것을 포갰다. 곧장 깊은 입맞춤을 하지는 않고, 몇 번이나 부드러운 입술을 빨고 그 감촉을 확인한다. 그 입술은 평소보다 짙은 연지의 맛이 나 왠지 안타까운 생각이 들었다.

손가락을 부드럽게 움직이고 있던 귓가에 입맞춤하자 치

사토의 몸이 움찔 더 크게 반응했다. 귀엽고 사랑스러워서 이대로 옷자락을 가르고 어루만지고 싶다.

"치사토."

"아……키."

한정된 사람에게만 허락한 자신의 이름이다. 토라진 것처럼 성난 것처럼, 질문하는 것처럼 부끄러운 듯이 치사토가 '아키마사' 라고 불러주는 그 느낌을 좋아한다.

치사토의 입에서 흘러넘치는 말은 뭐든지 신선했지만 그 중에서도 이름은 특별한 의미를 가지고 있었다.

"이, 이거 놔!"

"지금 놓으면 쓸쓸하지 않겠느냐."

"바보!"

"내가 바보인가?"

"……으."

매끄러운 볼에 손을 대고 간질이자 싫다고 말하면서도 스스로 가까이 온다.

"정말 넌……."

이끌리듯이 코요가 나붓한 가슴에 손을 뻗으려던 참에,

"폐하."

자신을 부르는 얼음장 같은 목소리를 듣고 손을 멈췄다.

어디서 무엇을 하든지 황제인 자신에게 불만을 제기할

사람은 아무도 없지만, 지금에 와서 겨우 한 사람, 치사토의 편을 들 자가 있었다는 것을 기억했다.

"이런 때 무엇을 하시는 겁니까?"

기가 막힌 듯이 말하면서 마츠카제는 손에 든 쟁반을 코요의 바로 옆에 둔다.

"어쩔 수 없다, 치사토가 유혹하니 말이다."

"치사토님."

"거, 거짓말이야!"

무정한 치사토는 그렇게 말하고 거리를 벌려 마츠카제 뒤로 숨어버렸다. 아무래도 장난은 여기까지인 것 같다.

"이제 아무것도 하지 않겠노라."

하지만 치사토는 의심이 깊은지 쉽게 수긍하지 않는다. 하긴, 지금까지의 행실로 보면 그것도 어쩔 수 없다. 갑자기 품 안이 허전해졌다고 생각하면서 어쩔 수 없이 코요는 발 너머로 샤쿠를 돌렸다.

"이제 슬슬 새로운 무용수가 온다. 보고 싶지 않느냐?"

"……."

힐끗 시선을 돌린 것은, 치사토도 관심이 있기 때문이 틀림없다.

"이번 잔치를 위해 온 나라에서 쟁쟁한 춤의 명수를 모았느니라. 필시 장엄한 광경이 될 게다."

"그렇게 대단해?"

"볼 만한 가치는 있다."

"헤에."

코요는 자기 옆을 손으로 가볍게 두드렸다. 모처럼 축하의 춤이다. 두 명이 나란히 앉아 보지 않는 것은 아깝다. 치사토도 똑같은 생각을 했는지 잠시 후 방금 전보다 제법 가까이 와서 앉았다.

피로연은 계속 이어졌다.

해가 저문 후로는 불빛을 켜서 화롯불이 더욱 환상적인 분위기를 자아내고 있다.

평소부터 향락적인 귀족들은 싫증도 내지 않고 술을 마시며 성찬을 즐기며 춤추는 무용수에게 큰 박수를 보내고 있었다.

잠시 동안은 신기한 듯이 그 모습을 보고 있던 치사토도 아무래도 질리기 시작했는지, 지금은 마츠카제를 상대로 완전히 다른 이야기를 하고 있다. 마츠카제는 신경이 쓰이는지 코요에게 시선을 보냈지만 코요는 상관없다고 고개를 끄덕였다. 자신이 옆에 있을 때 다른 인간에게 의식이 가는 것은 재미없다. 그래도 지금 여기에 있다는 사실이 중요한 것이다.

드디어 맞이한 피로연. 이제 치사토는 명실공이 자신의, 코요 천황의 정실, 황후라는 입장이 되었다. 수많은 사람에게 이름과 얼굴이 알려졌으니 더 이상 쉽게 도망칠 수도 않을 것이다. 만일 이 저택 안에서 벗어나더라도 아무도 황제가 총애하는 여성을 숨겨주려고 들지 않을 것이다. 오히려 신이 나 데려와서 황제에게 포상을 조를 뿐이리라.

'너는 이제 도망칠 수 없어.'

손에 든 술을 죽 들이켜는 코요는 흥이 나 있었다.

"아~ 심심해~ 나 언제까지 여기 있어야 돼?"

"조금만 더하면 조금 휴식하는 시간이 있습니다."

"에, 아직 멀었어~?"

치사토는 입을 삐죽댄 후 앗 하고 눈치챈 듯 말한다.

"오오카를 불러도 돼? 이야기 상대가 되어달라고 하게."

"오오카님께서는 돌아가셨습니다."

"뭐어? 어느새?"

아무래도 정말 치사토는 지루해서 좀이 쑤시는 것 같다. 지금까지 얌전히 인사를 받기도 했으니 이제 숨통을 트여주는 것이 좋겠지.

"마츠카제, 잠시 치사토를 쉬게 해주어라."

물론 지금 광려전까지 돌려보내는 것이 아니라 이곳 동향전의 안쪽에 치사토가 쉴 방을 준비해 두었다. 지금 코요가 있는 곳과도 가깝고 무슨 일이 있거든 곧장 뛰어갈 수 있다.

"치사토."

자신과 마츠카제의 대화를 조용히 듣고 있던 치사토가 금방 이쪽을 보았다.

"안쪽에 방을 준비해 두었느니라. 그곳에서 잠시 쉬도록 해라."

"그래도 돼?"

아무래도 가만히 옆에 앉아 있지 않으면 안 된다고 생각했던 모양이다. 코요의 말에 치사토는 한순간 놀란 것 같지만, 곧 표정을 풀고 일어섰다.

"가자, 마츠카제."

"예."

언뜻 자신을 본 마츠카제에게 고개를 끄덕이자 치사토를 데리고 안쪽으로 향했다. 기분 전환을 하면 치사토의 기분도 좋아질 것이다.

방금 전까지 춤을 보고 있었던 치사토의 눈은 마치 어린아이처럼 순수한 호기심이 넘쳐 반짝반짝 빛나고 있었다. 그런 얼굴을 보여주면 또다시 무엇인가 해서 즐겁게 해주고 싶다는 마음이 든다. 좋은 의미로 아무것도 모르는 치사토라면 무엇을 해도 놀라는 표정을 보여줄 것 같다.

"폐하."

그때 치사토를 데려다주고 나서 지금까지 모습을 보이지 않았던 나카츠카사가 나타났다. 이번 연회에서는 경비를 총괄하는 역할을 담당하고 있기 때문에 무장한 모습이었다. 좌근위대장이라는 지위를 가진 이 남자에게는 모두가 경의를 표하고 있기 때문에 조금 위화감이 있는 복장이라도 당당한 태도를 취하고 있다.

한 번 인사를 한 나카츠카사를 옆으로 불러, 코요는 상황을 파악하기 위해 물었다.

"어떠냐?"

"이상한 점은 아무것도 없습니다."

"……놈은?"

"오늘 밤은 경비 담당으로 차출했습니다만 안뜰을 담당하고 있기 때문에 이쪽으로는 오지 않습니다."

이름을 입 밖에 내지 않아도, 나카츠카사는 코요가 물어보려고 한 것이 누구인지 알고 말했다. 황제가 사는 저택 안에 출신 성분도 모를 사람을 들일 수도 없는 노릇이니 평소에는 다른 부서에서 일하는 사람도 경비로 동원해야 한다는 것은 알고 있었다. 그것은 키요시게가 속한 장인소도 예외는 아니다.

그러나 코요도 경계는 게을리 하지 않고, 피로연이 열리는 동향전 주변에 키요시게를 접근하게 하지 않을 준비는 다 되어 있었다.

"치사토님은?"

그때 나카츠카사는 치사토의 모습이 시야에 없는 것을 눈치챈 것 같다.

"아, 치사토는 지금 휴식하고 있다."

"휴식입니까?"

"아무래도 얌전히 있는 시간에도 한도가 있는 모양이더군."

이렇게 말하고, 코요는 방금 전까지의 치사토의 모습을 떠올리며 웃음을 꾹 참았다.

차례차례로 나타나는 인사를 바라는 자들에게 딱딱한 미소를 보내던 치사토. 그 얼굴이 점점 피로에서 졸음으로 변하고, 당황해서 정신을 되찾고 그러느라 정신이 없었다. 계속 그 얼굴을 보고 있으면 재미야 있었겠지만, 익숙하지 않은 치사토에게 장시간의 인내를 강요하는 것은 가엾다.

"마츠카제도 함께 있다."

"모습을 보러 다녀오겠습니다."

"……걱정도 팔자로군."

"제 눈으로 직접 확인하지 않으면 직성이 풀리지 않으니까요."

"그래, 부탁하마."

고개 숙이고 즉시 안쪽으로 향하는 나카츠카사의 뒷모습을, 코요는 자신도 따라가고 싶다고 생각하면서 배웅했다.

* * *

키요시게는 계속 안뜰에서 경비를 하고 있었다. 여기에서 동향전까지는 멀다. 황제의 명이겠지만 좀처럼 움직이지도 못하는 지금, 치사토의 소원을 이루려면 어떻게 하면 좋을지 키요시게는 계속 생각하고 있었다.

이 자리에 혼자 있다면 차라리 낫지만, 자신 이외에도 두 명 정도 안뜰에 있다. 그 눈을 속이고 치사토에게 가는 것은 쉬운 일이 아니었다.

해는 떨어지고 화롯불이나 등롱에 불을 밝히긴 했지만 어둠은 곳곳에 존재하고 있다. 질책받을 것을 단단히 각오하고 움직일까—그렇게 생각하던 찰나,

냐~우우.

"지금……."

"방금 그 목소리는 뭐야?"

"확실히 치사토님의……."

세 사람은 일제히 소리가 난 쪽으로 시선을 돌렸다. 건널

복도의 한가운데에 갈색 덩어리가 웅크려 앉아 있다.

"……고양이, 인가?"

실제로 눈으로 본 것은 아니었지만 오오카의 이야기로 치사토가 큰 갈색 고양이를 기르고 있다는 것은 들었다. 아무래도 끈으로 매어두지 않고 자유롭게 돌아다니게 하는 모양인데, 그것은 오늘과 같은 특별한 날도 마찬가지인 것 같다.

"어쩌지?"

"저쪽으로 가면 큰일인데."

다른 두 사람이 얼굴을 맞대고 이야기하기 시작했다. 담당 구역을 떠날 수는 없다.

그렇다고 해서 고양이가 그대로 동향전으로 가버려서 소동을 일으키면 왜 붙잡지 않았냐고 질책을 받을지도 모른다.

상대가 치사토가 기르는 고양이이기 때문에 막대기나 돌로 쫓아낼 수도 없다고 생각하는 지 좀처럼 결론이 나지 않고, 그사이에도 고양이는 건널복도를 성큼성큼 걸어간다.

"제가 가보겠습니다."

"사이죠님."

"잡아서 곧장 돌아오겠습니다."

두 사람 중 누군가가 쫓아가기 전에 키요시게는 스스로

나서서 걷기 시작했다.

"사이죠님!"

"맡겨주십시오."

"미안하군."

"부탁하겠소!"

"예."

어쩌면 코요 천황이 나카츠카사에게 자신을 감시하라고 말한 게 아닐까 우려했지만, 아무래도 아랫사람에게는 그 명령이 내려오지 않은 것 같다. 그것도 그렇겠지, 설마 오늘 피로연에서 축하받는 새로운 정실이 도망가려고 한다는 황제의 체면을 위협하는 이야기를 발설할 수는 없을 것이다.

아마 그 명령을 받은 것은 나카츠카사 단 한 명. 그리고 그 나카츠카사는 운 좋게 지금 이 자리에는 없다.

"다녀오겠습니다."

"고양이에게 상처는 내지 말게나!"

미안하다는 듯이 말하는 남자들의 말에 고개를 끄덕이고 키요시게는 동향전으로 향했다.

고양이는 좀처럼 발걸음을 멈추지 않는다. 주위는 전혀 신경 쓰는 기색도 없는 발걸음이다.

'어디까지 갈 생각이야?'

설마 치사토가 고양이를 조련했다고 생각지는 않는다. 이것은 아마 우연이고, 자신은 만일의 행운에 맞닥뜨렸을 뿐이다.

"……이제 움직일 수 있다."

그 행운을 반드시 자신의 것으로 만들고야 말겠다. 치사토와 한 약속을 지키기 위해, 키요시게는 신중하게 주변을 살피면서 앞으로 걸어갔다.

고양이는 마치 키요시게를 유도하는 것처럼 계속 걸어갔다. 정신이 들고 보니 다행히 누군가와 만나는 일 없이 동향전 바로 옆까지 올 수 있었다.

'역시나…… 화려하구나.'

코요 천황이 얼마나 힘을 썼는지 알 수 있는 환상적인 무대를 보고 키요시게는 한순간 넋을 잃었다. 하지만 시간이 없다. 한시라도 빨리 치사토를 만나야 한다. 키요시게는 암야를 틈타 잽싸게 그 자리를 이동했다.

* * *

"하아~ 천국이야~"

코요의 허가를 받아 안쪽 방으로 물러난 치사토는 준비되어 있던 다다미 위에 데구루루 누워 다리를 뻗었다. 모처럼 예쁘게 매만진 가발이 흐트러져 버린다고 생각은 했지만 우선 굳어진 근육을 풀기 위해 널찍하게 누워서 기지개를 켜고 싶었다.

성대한 잔치를 연다고 들었기 때문에 더 결혼식 같은 일을 할 줄 알고 각오하고 있었지만, 실제로 발 너머로 인사하는 상대를 향해 고개를 끄덕이는 정도였다(그것도 상대에게 보이는지 어떤지도 모르겠다).

맥이 빠졌지만, 그래도 계속 긴장은 하고 있었기 때문에 몸은 딱딱하게 굳어 있었다.

"치사토님, 다리가……."

"어?"

"사람의 눈이 있을지도 모르니까요."

마츠카제가 그렇게 말하고 흐트러진 기모노의 옷자락을 매만져 주었다. 아래에 하카마를 입고 있기 때문에 다리가 보일 일은 없다고 생각하지만, 그래도 일단 여성의 몸가짐이라는 것 같다.

"마츠카제밖에 없는데……."

알고 있어도 그렇게 불평하고 싶어진다. 일단 자기 딴에는 중얼거리는 정도의 작은 소리였지만 마츠카제의 귀에는 제대로 다 들어갔다.

"여기는 광려전이 아닙니다."

"응? 그래, 알고 있는데?"

"폐하의 사저가 아니라는 이유 하나만으로도 마음을 놓을 수는 없사옵니다. 물론 보안은 엄중하지만……."

마츠카제의 말투가 조금 마음에 걸린다. 항상 딱 잘라 말하는 그녀치고는 별나게 말꼬리를 흐리는 말투는, 확실히 말을 하지는 못하지만 분명 뭔가를 가리키고 있는 느낌이었다.

"마츠카제?"

"……."

"마~ 츠~ 카~ 제~"

도대체 무엇을 숨기고 있는 거지? 몸을 일으켜 곁에서 섬기는 마츠카제의 얼굴을 들여다보았다. 그대로 입 다물고 있자 잠시 후 마츠카제의 입에서 깊은 한숨이 새어 나왔다.

"제 생각이 지나친 것이라고 생각은 합니다만……."

"응."

아무래도 말해주는 것 같다. 말하기 어려운 듯한 것이 신경 쓰이면서도 치사토는 고개를 끄덕이며 뒤를 재촉했다.

"오늘은 다른 여어님들도 계시기 때문에 어쩌면 치사토님을 만나고 싶다며 찾아오실지도 모릅니다."

"다른…… 여어?"

그것은 아까 슬쩍 봤던 귀족 같은 여자들을 말하는 것일까.

모처럼 캐냈지만 치사토는 전혀 감이 오지 않았다. 고개를 갸웃거리며 새로운 설명을 요구하자, 이젠 넘어갈 방법이 없다고 생각했는지 마츠카제는 제대로 설명을 해주었다.

"폐하의 측실 말입니다."

"측실이라니……."

'그건…… 내 기억으로는 부인 이외의 여자…….'

수업 시간에 배운 것이 머릿속에 떠오르자 치사토의 미간에 절로 주름이 잡혔다. 코요에게는 카즈아키라는 아이가 있다. 당연히 부인이 낳은 아이고 불행히도 그 부인은 젊은 나이에 사망했다고 들었다.

거기까지라면 이해가 된다. 부인과 사별하는 것은 현대에도 있을 수 있는 일이다. 그러나 코요에게는 그 외에도 네 명의 자녀가 더 있는 것이다. 그것도 서로 다른 여자에게 낳게 한 아이들이고, 그 인수만큼 그런…… 관계를 가져온 셈이다.

'……뭐야.'

그토록 귀찮을 정도로 치사토에게 사랑을 속삭이는 주제에 약삭빠르게 자신의 아이를 가지고 있는 코요가 어쩐지

얄밉다. 벌써 다섯 명의 아이들이 있기 때문에 남자인 치사토를 신부로 맞이할 수 있는 것이다. 어쩐지 철벽의 면죄부를 가지고 있는 것 같아서 억울했다.

코요의 마음에는 응하지 않겠다고 생각하고는 있지만 울컥울컥 치미는 이 감정은 아무리 생각해도 질투다. 남자 주제에 여자에 대항하고 있다니, 이 기분은 절대 들키고 싶지 않다.

"치사토님?"

갑자기 입을 다문 치사토를 마츠카제가 조심스레 살펴보았다. 그렇게 생각하는 것 자체가 한심했다.

치사토의 모습을 보고 마츠카제는 자신의 실언에 대해 인식했는지 머리를 숙였다.

"죄송합니다."

"마, 마츠카제."

"치사토님을 불쾌하게 했습니다. 저 같은 사람이 입에 담을 만한 일이 아니었는데……."

"사과 안 해도 된다니까. 마츠카제는 딱히 아무것도 나쁘지 않고."

'나쁜 것은 여자를 밝히는 그 녀석이잖아.'

마츠카제에게 그런 식으로 생각하게 만든 것이 미안하다.

치사토는 힘차게 몸을 일으키고 가볍게 머리를 흔들었다. 이제 쓸데없는 생각은 하지 않는 다. 딱히 코요가 어떤 여자와 몇 명의 아이를 만들었든 자신에게는 관계가 없는 것이다.

'어차피 나는 오늘 돌아갈 텐데, 뭐.'

"마츠카제, 뭐 먹을 것 좀 없어?"

"예, 지금 준비하겠습니다."

여기에 오기 전에 치사토의 배에서 소리가 난 것을 마츠카제도 떠올린 것 같다. 방금 전까지의 굳은 표정을 풀고, 웬일로 후다닥 방에서 나갔다.

마츠카제가 없어지자 여기에는 치사토밖에 없다. 물론 옆 칸에는 다른 궁녀들이 대기하고 있고, 복도에는 호위병들이 여럿 있지만, 간신히 혼자 있을 수 있다는 해방감에 치사토는 깊은 숨을 내쉬었다.

"……앞으로 얼마나 계속되는 거지."

오후부터 시작된 잔치는 이미 해가 저문 지금도 한창이다. 다음 날까지 계속된다고 듣긴 했지만 정말 쉬지도 않고 계속되고 있다.

그사이에 코요가 여기 있으면 좋으련만 만약 함께 광려전으로 돌아가게 되면…… 조금 귀찮아진다.

"……이대로 돌아가면 안 될까."

돌아가 봤자 아무도 눈치채지 못할 것 같다는 생각이 들기 시작한 찰나에,

"기다려 주세요!"

"……?"

갑자기 밖이 소란스러워져 치사토는 그쪽으로 시선을 돌렸다. 북적거리는 것과는 다른, 뭔가 초조해하는 목소리. 도대체 어떻게 된 것일까 하고 질질 기듯이 복도 쪽으로 갔다.

"폐하의 허락이……!"

그 목소리는 아무래도 사카에인 것 같다. 반 울상이 되어 있다. 그리고 그 상대도 여자 같았다.

"우리들은 치사토님께 인사를 하려는 것뿐이다. 너희들은 이대로 물러나거라."

"그렇지만 저는 아무도 여길 들이지 말라는 명을 받았사옵니다."

"궁녀 주제에 건방진 소릴 하는구나."

'우와, 그게 뭐야.'

오만방자한 말투에 눈살을 찡그린 치사토는 더 이상 가만히 있을 수가 없었다. 대화의 분위기를 보건대 아무래도 사카에가 되돌려 보낼 수 없는 인물이 자신을 만나러 온 것 같다. 이대로 무시할 수도 없거니와 상대가 여자라면 여차

했을 때 도망칠 수도 있다. 남자로서는 한심하게도 빈약하지만 치사토도 남자다. 여자 상대라면 어떻게든 될 거라고 마음을 굳게 먹고 밖에서 필사적으로 자신을 지키려 애쓰는 사카에에게 말을 걸었다.

"사카에, 누구 왔어?"

그렇게 말하자 일순간 바깥의 기척이 진정된다.

이윽고 방 안에 들어온 사카에가 엎드려 말했다.

"저, 치사토님을 뵙고 싶다고……."

"누구?"

"저, 그것은……."

좀처럼 명확하게 말하려 들지 않는 사카에의 태도에 답답해진 치사토는,

"방에 들여도 괜찮아."

이렇게 말해 버렸다.

"마, 마츠카제님께서 돌아오실 때까지 기다리도록 하는 것이 좋을 것 같사옵니다."

"기다리게 하면 미안하잖아. 들어오시라고 해."

치사토는 몸을 일으켜 신속하게 옷을 정돈한다. 거울이 없기 때문에 머리가 어떤 식으로 흐트러져 있는지 확인할 수 없지만 가볍게 손으로 빗었다.

사카에는 아직 주저하고 있었지만, 그래도 치사토의 결

의가 굳은 것을 보고 황급히 기모노와 머리카락을 단정하게 매만져 주고 밖에서 기다리고 있는 듯한 손님을 맞이하러 갔다.

'이런 곳에 일부러 오다니…….'

엄중하다고 할 수 있는 경계태세라 여기에 수상한 사람이 숨어 들어올 가능성은 거의 없다. 그렇다면 경비병이 막을 수 없는 상대라는 말이 된다. 게다가 상대가 여자라고 알고 나서 치사토의 머릿속에는 어떤 가능성이 떠올랐다. 일부러 여기까지…… 라는 생각이 들기도 하지만, 어쩌면—

"실례하겠습니다."

사카에의 뒤를 이어 들어온 것은 세 명의 여자였다.

모두가 다 화려한 옷차림을 한, 치사토보다 연상…… 아마 이십대 중반으로 보이는 여자들은 마련된 자리에 앉아 치사토 앞에서 무릎을 꿇고 가볍게…… 정말 가볍게 고개를 숙였다.

"이번 폐하와의 성혼을 진심으로 경하드립니다."

"고마…… 워요."

입을 모아 축하의 말을 전했기 때문에 일단 이렇게 대답하지만 다음 순간 고개를 든 여자들이 너무 미인이라 무심코 눈이 휘둥그레졌다. 마츠카제도 예쁘다고 생각하지만,

그녀와는 또 다른 화려한 아름다움이다.

결정적인 차이는 아마 몸에 두르고 있는 분위기다. 어딘가 오만하게도 보이는 태도는 그 일거수일투족에 나타나, 치사토는 분명 눈앞의 상대가 자신을 업신여기고 있다고 느꼈다.

"저는 나츠하라고 합니다. 이쪽은 유야, 아키코. 모두 폐하께옵서 아기씨를 내려주시어 어머니가 되었습니다."

"아…… 네."

'역시 아키마사의…….'

여러 명 있는 부인, 아니, 애인이라고 하는 걸까, 코요의 아이를 낳았다는 여자들의 말에 치사토는 처음에 느낀 놀라움보다 부글부글 끓는 대항심이 더 커졌다.

이전에 코요 천황의 정실이 되고 싶다는 여자를 만났을 때는 아직 이 세계에 익숙하지 않았기 때문에 마츠카제의 뒤에 숨어 있을 수밖에 없었다. 그러나 드디어 오늘 돌아간다는 기분이 묘하게 배짱 좋게 만들어 이대로 질쏘냐 하고 치사토를 북돋고 있다.

"일부러 찾아주셔서 감사합니다."

생긋 웃으며 말하자 나츠하의 표정이 뚜렷하게 변했다.

아마 외모가 아무리 봐도 어리고, 여자로서는 빈약한(실제로는 남자지만) 치사토를 본 순간 자기들이 유리하다고 확신했겠지만, 뜻하지 않게 정면에서 대적했기 때문에 조금 인식이 바뀌었다는 느낌일까.

하지만 역시나 여기까지 올 정도로 배짱이 두둑한 여자는 곧바로 자세를 고치고, 치사토 이상으로 인위적인 미소를 짓고 말했다.

"……유독 폐하의 총애를 받는 공주라고 듣고 어떤 분일까 생각했더니만…… 설마 이런 동녀(童女)이실 줄이야."

그 말에 다른 두 사람도 계속한다.

"참으로 그렇사옵니다. 갑자기 정실로 맞이하시기에 폐하와 어울리는 가인이라고 마음대로 생각했지 뭡니까."

"후후후, 정말 신기한 일도 다 있네요."

"……."

'추켜올렸다가 떨어뜨리고…… 좀 알아먹기 쉽게 빈정대면 안 돼?'

상류층의 몸가짐인지 뭔지, 대놓고 욕을 하지는 않지만 은근히 돌아가는 표현으로 코요에게는 어울리지 않는 어린이라고들 말하고 있다.

'난 싫은데 당신들이 그렇게 좋아하는 아키마사가 자기 마음대로 손댄 거거든!'

어떤 경위로 치사토가 지금 여기에 있는지 모르는 주제에 사뭇 치사토가 농락한 양 속닥대는데 욱했다.

"의외로 롤리타 컴플렉스 아닐까요?"

"롤리, 타?"

"무엇인가요?"

"글쎄요?"

"……롤리타 컴플렉스란 젊은 아이를 좋아하는 남자라는 거예요. 아무리 봐도 당신들보다 내가 더 젊으니까."

"……!"

그 순간 세 사람이 한결같이 무서운 표정을 지었다. 여자에게 젊음에 대해 말하는 것은 금구였는지 모르지만 지금은 염려할 여유가 없다.

"축하인사는 잘 받아두겠습니다. 나중에 아키마사에게도 전해줄 테니까."

"아, 아키마사……?"

"폐하를 아명으로 부르고 있나요?"

"왜냐하면 본인이 그러라고 하니까……."

남한테 쓴 소리를 들을 이유는 없다고 말하려고 했지만, 치사토가 생각하는 이상으로 아명을 부른다는 것의 임팩트가 컸는지 세 사람은 지금까지 보여줬던 여유를 내팽개치고 일제히 치사토를 공격해 왔다.

"동녀 주제에! 그 몸으로는 폐하의 아기씨를 수태하기도 어려울 텐데요!"

"나츠하님, 치사토님은 이런 가련한 외모에 어울리지 않게 잠자리 기교로 폐하를 농락하신 거예요."

"분명 폐하도 진귀하다고 여기는 것뿐이라고 생각합니다."

"그럼요, 그럼요. 곧 우리들을 찾아오시게 될 거예요."

"그렇게 되면 치사토님은 어떻게 하실 작정이죠?"

"물론 친정으로 돌아가겠다고 말하는 수밖에 없겠죠."

치사토는 마음만은 지지 않겠다고 결심했지만 역시 여자 세 명의 공격에 쉽사리 이길 턱이 없어, 한심하게 그들이 말하는 대로 듣고 있을 수밖에 없었다. 옆에서 대기하던 사카에는 이미 울상이 되어 자신의 주인의 위기에 손도 발도 쓸 수 없는 상태였다.

물론, 저렇게 자기들 마음대로 말하는데 화가 나지 않을 리가 없다. 단지 너무나 황당하고 상대의 기세가 격렬해서 어떻게 하면 좋을지 판단이 서지 않았을 뿐이다.

코요의 아이를 낳았다고 자랑하는 것이야 자기 마음이다. 그러나 그것을 내세워 남의 유아 체형을 비웃는 것은 아니지. 게다가 진귀하다니 그게 뭐야.

'애초에 나는 남자라니까!'

이제 슬슬 제멋대로 말하는 대로 내버려 두는 것도 지는 것 같아서 싫다. 치사토는 세 사람의 대화가 끊긴 참에 과감하게 끼어 들어갔다.

"저기요."

"치사토님."

"……!"

그때 낮은 남자의 목소리가 들렸다. 설마 이 타이밍에 코요가 나타나는 건 아니겠지 하면서 치사토는 물론, 세 명의 여자들도 일제히 그쪽을 향한다.

입실을 허락하지도 않았는데 마음대로 안에 들어온 것은 나카츠카사였다.

"여어 여러분께서 무슨 일이십니까."

나카츠카사는 치사토와 세 명을 흘끗 보고 무슨 일이 있었는지 즉시 알아차린 것이리라. 성큼성큼 다가온 나카츠카사는 마치 치사토를 감싸듯이 그 앞에 서서 세 명의 여자들을 상대했다.

"폐하의 허락을 받고서 오신 겁니까?"

"좌, 좌근위대장님."

"고귀한 여인이, 설마 세 명이 달려들어 폐하의 소중한 비를 괴롭히고 계실 줄이야……. 아니, 설마 그런 천박한 짓을 하시지는 않겠지요.'"

예의를 차리는 듯하면서도 대놓고 비난하는 나카츠카사의 말에, 세 사람은 꿀 먹은 벙어리가 되었다. 아니, 여기에 제삼자가, 그것도 지위도 충분한 코요 천황의 측근 중의 측근인 나카츠카사가 나타난 시점에 이미 당황한 여자들은 이 일이 보고되지 않을까 두려워하는 것처럼 보이기도 했다.

"좌근위대장님, 이 일은 폐하께……."

"보고해야겠지요."

"그만두세요!"

"그랬다가는 우리들은!"

"좌근위대장님!"

그들이 절규처럼 비통하게 외치는 와중 어째서인지 나카츠카사는 치사토를 돌아보았다.

"어떻게 하시겠습니까, 치사토님."

"어, 어떻게……?"

잔뜩 치사토를 향해 심술 공격을 해온 여자들이 나카츠카사의 말에 조바심 내는 모습을 보니 속이 후련했다. 단지, 이 이상의 책망은 왠지 아닌 것 같다.

'어디까지나 내가 아니라 나카츠카사 씨를 보고 겁에 질렸을 뿐이잖아.'

코요에게 고자질해 봤자 그래서야 호랑이의 위엄을 빌린 토끼밖에 되지 않겠지.

"말하지 않아도 괜찮아."

"……진심이십니까?"

"별로, 아무렇지도 않은걸."

허세를 부리며 말하자 나카츠카사가 한숨을 푹 내쉬었다. 아무래도 기가 찬 모양이지만, 지금 한 말은 오기로라도 철회할 생각은 없다.

"관대한 치사토님의 의향으로 이번 한 번만은 폐하께 보고하지 않겠습니다. 허나 폐하께서는 치사토님을 각별히 총애하고 계십니다. 치사토님에 대한 어떠한 반의도 모두 폐하를 향한 것으로 판단하고 대처할 생각입니다. ……이해를 하셨는지요?"

코요 천황의 치사토에 대한 마음을 필요 이상으로 강조해서 나카츠카사는 말했다.

새파랗게 질려서 고개를 끄덕이는 세 사람을 본 그는 다시 복도로 돌아가 누군가에게 말을 건다. 그러자 곧 몇몇 호위병이 모여들었다.

"여어님들을 좌석으로 모시거라."

"예!"

마치 연행되는 것처럼 끌려간 세 사람의 모습이 보이지 않게 되자마자 치사토는 피로감에 휩싸여 다리에서 힘이 풀려 버렸다.

"……뭐였던 거야, 대체……."

마치 폭풍 같았다. 말하고 싶은 대로 말하고, 멋대로 남을 적대시하고.

자신에게 질투를 하는 건 번지수를 단단히 잘못 짚은 거다. 자기들은 아이까지 낳았으면서, 좀 더 듬직하게 버티고 앉아 있으면 될 텐데.

"어우, 아키마사 취향, 진짜 고약하다."

무심코 흘러나온 마음의 소리에 아직 이 자리에 남아 있던 나카츠카사가 소리를 죽여 웃는다. 지금까지 대부분 찡그린 얼굴밖에 본 적이 없는 그의 그런 모습을 보고 치사토는 놀라서 무심코 뚫어지게 얼굴을 응시했다.

"……실례했습니다."

나카츠카사는 곧바로 자신의 잘못을 사과했지만 도대체 무엇이 그렇게 우스웠던 걸까. 치사토는 그쪽이 신경이 쓰인다.

"내가 이상한 말이라도 했어요?"

"아니요."

"거짓말. 궁금하니 말해주세요."

"……폐하의 여인 취향을……."

"여인이라니…… 취향 고약한 거?"

다시 한 번 묻자 나카츠카사는 아직 입가에서 미소를 완전히 지우지 않은 채 고개를 끄덕였다.

"저 여어들은 대신과 유력 귀족이 떠민 분들입니다. 결코 폐하의 의향이 아닙니다. 그런 의미에서는 당신이 폐하의 취향이라고 생각해서 말입니다."

"……그렇게 되는 거야?"

취향 운운은 어딘지 모르게 아닌 것 같은 생각은 들지만, 코요가 억지로 관계를 가지고 자기 마음대로 여기까지 이야기를 진행시킨 데에는 그러한 측면이 있는 것일까.

그렇게 생각하면 왠지 근질거렸다. 코요는 옆에 없는데 마치 보이지 않는 손에 안긴 것 같은 기분이 든다.

'으악, 내가 무슨 생각을 하고 있는 거야!'

"치사토님."

"아, 네?"

이상한 생각을 한창 하는 와중에 이름이 불리자, 치사토는 꼴사납게 목소리가 뒤집어졌다. 그러나 나카츠카사는 그것을 나무라지 않고 치사토 앞에 무릎을 꿇고 마치 타이르듯 계속 말했다.

"앞으로 지금과 같은 일이 있을 때는 즉시 사람을 부르십시오. 이번에는 당신의 신체에 해를 입히지는 않았으나 이제 당신 한 사람의 몸이 아니니까 조심하시기 바랍니다."

"……."

널리 이름과 얼굴이 알려진다는 것은 그만큼 위험이 는

다는 일인가 보다. 스스로 원한 것은 아닌 만큼 억울한 기분이 들어서 치사토는 순순히 고개를 끄덕이지 못했다.

이 세계에 온 것은 아마도 누구의 잘못도 아니다.

하지만 보호해 준 코요가 좀 더 치사토에 대해 생각해 준다면.

원래 세계로 돌아가는 것을 도와주고 그때까지 단순히 보호해 주기만 했다면.

이제 와서 생각해 봤자 어쩔 수 없는 일인지도 모르지만, 치사토는 이 상황에 자신을 말려들게 한 코요를 원망했다.

"치사토님."

"……내, 내 탓이 아닌데."

"……."

"전부 아키마사가 마음대로……!"

"정말로?"

"……그치만……."

"당신은 정말 필사적으로 폐하에게 호소했습니까? 어쩔 수 없다고, 편하다고, 현재 상황을 받아들이지는 않았습니까? 물론 폐하의 방식은 조금 억지스러웠을지도 모르지만, 그것도 폐하가 진심으로 당신을 원했기 때문입니다."

치사토는 받아치지 않았다. 입으로는 진다고 생각했기 때문이지만 나카츠카사가 말하고 있는 것에도 짚이는 구석이 너무 많기 때문이다.

자신이 의도하지 않은 방향으로 이야기가 흘러가는 건 코요 탓이라고, 그렇게 생각하면서 스스로 평상심을 유지했다. 나카츠카사의 말대로 처음부터 무작정 도망치려고 했더라면, 저항했더라면 상황은 달라졌을지도 모른다.

무의식적으로 안전을 추구하고 비호받기를 바란 결과가 코요 천황의 신부라는 입장인 것이다.

"……죄송합니다. 말이 지나쳤습니다."

치사토의 분위기에 나카츠카사가 고개를 숙였다. 또 다시 저쪽에서 먼저 꺾이는 바람에 치사토는 사과도 할 수 없게 되었다.

"……저는 밖에서 기다리고 있겠습니다."

지금은 혼자 남겨두는 것이 좋겠다고 배려를 해주는 건지 나카츠카사는 그대로 복도로 사라졌다. 그 자리에 혼자 남겨진 치사토는 몇 번이나 주먹으로 자신의 이마를 두드렸다.

"정신 차려, 치사토!"

지금 마음이 약해져서는 안 된다. 아무리 책망받더라도 상관없다. 오늘 반드시 돌아가겠노라고 재차 자신을 타이르던 치사토는,

아~오.

"……!"

울음소리와 함께 나카츠카사가 떠난 곳과는 다른 방향에 세워져 있는 병풍 그늘에서 아키가 들어오는 것을 보았다.

"너, 이런 데까지 온 거야?"

그토록 경비병이 많았으니 중간에 잡혀도 이상하지 않은데 잘도 여기까지 왔다.

"아키."

치사토는 무거운 그 몸을 안아 보드라운 털에 얼굴을 묻는다. 이렇게 하는 것만으로도 우울한 기분이 조금 가벼워진 것 같았다.

"너, 역시 샛길을 알고 있는 거지? 나한테 좀 가르쳐 달라니까."

고르르르.

목을 울려 완전히 몸에서 힘을 뺀 아키는 치사토의 필사적인 말에 응해주지 않는다. 그야 당연하지만, 그렇더라도 말하지 않고는 배길 수 없었던 치사토는 찌부러진 얼굴을 한 아키를 얼굴 높이까지 올린다.

"얌마, 내 말도 좀 들어줘."

"치사토님."

"……!"

'아키가 말했다!'

타이밍 좋게 치사토의 말에 대답한 목소리에 순간 어깨가 흔들렸지만 곧 그것이 눈앞의 아키가 아니라, 방금 전 아키가 들어온 병풍 뒤에서 들렸다는 것을 깨달았다.

아까 나카츠카사가 한 말도 있어서 치사토는 순간 복도에서 대기하고 있을 그를 부르려고 했다. 그러나,

"접니다."

목소리가 다시 들리자 치사토는 반사적으로 뒤돌아보았다.

"키요……!"

치사토는 목에서 튀어나올 뻔한 소리를 집어삼키고 서둘러 병풍 뒤로 돌아갔다. 거기에는 예상대로 키요시게가 몸을 숙이고 기다리고 있었다.

"여기 어떻게?"

나카츠카사에게 들리지 않게 작은 목소리로 묻자, 키요시게는 치사토가 아직 안고 있던 아키에게 시선을 보냈다.

"그 고양이를 쫓아 여기까지 왔습니다."

"아키를……."

설마 키요시게를 여기까지 안내한 건가……. 치사토는 무심코 아키를 내려다보았다. 의외로 현명한 이 고양이가 몇 번이나 몇 번이나 협력하라고 했던 자신의 말을 잘 새겼다가 들어준 걸까.

"지금은 혼자 계십니까?"

"응. 저쪽 복도에 나카츠카사 씨가 있어. 옆 칸에는 궁녀들이 대기하고 있고, 아마 이제 곧 마츠카제도 돌아올 거야."

속사포처럼 말하자 키요시게는 알겠다며 끄덕였다.

"그럼, 제가 무엇을 해야 할지 단적으로 알려주십시오."

"무엇이라니……."

구체적인 전략은 아직 생각하지 않았지만, 아마 키요시게와 직접 이야기할 수 있는 것은 지금밖에 없다. 치사토는 재빨리 생각했다.

'분명히 계속 잔치에 나가 있지는 않아도 된다고 말했지.'

그렇다면 어느 정도 시간이 지나면 치사토는 광려전으로 돌아갈 수 있을 것이다. 코요도 동행할지도 모르지만, 지금 시점에서는 남아 있을 가능성이 높을 것 같다.

지금 동향전에 있는 손님들도 밤늦게까지 남아 있을 것이고, 어쩌면 밤새도록 마실지도 모른다.

'거기서 소란을 일으키면?'

황제의 연회에 초대받을 만한 사람들이다. 틀림없이 신분이 높을 것이고 그만큼 돌발적인 소동이 벌어지면 당황할 것 같다. 그렇게 되면 코요도 사태를 진정시키기 위해

움직이지 않을 수 없으며, 지금 자신에게 붙어 있는 경비병들이 동원되어 경계가 허술해진 방에서 벗어나기는 의외로 손쉬울지도 모른다.

치사토가 가고 싶은 곳은 그날 밤 자신이 이 세계에 나타난 코요의 방 앞이다. 가능하면 달이 바로 머리 위에 오는 시간에.

"키요시게 씨."

치사토는 자신의 말을 기다리는 키요시게에게 진지한 시선을 돌렸다.

*　　*　　*

"나츠하님과 여어님들께서?"

"그래. 나도 처음부터 그 자리에 있던 것은 아니지만 입장상 치사토님께 무슨 소리를 했을 것은 틀림없네."

나카츠카사의 말에 마츠카제는 표정을 긴장시켰다.

피곤해 보이는 치사토를 위해 그가 좋아하는 음식을 준비해 주려고 팔을 걷어붙인 탓에 돌아오는 것이 조금 늦어져 버렸다. 그사이에 코요 천황의 측실들이 쳐들어와 치사토와 대면했다고 들었으니, 그 자리에 없어도 무슨 말을 했을지 상상할 수 있었다.

이렇게 될 것을 염려하고 있었으면서도 아무것도 못한 것이 분하다.

나츠하 외 다섯 명의 측실은 그 신분도 외모도 모두 코요 천황의 정실로 간택받아도 손색이 없는 여인들이다. 그중에서도 아이를 낳은 세 명의 측실은 자신이야말로 차기 황후라고 자신을 가지고 있었던 것이 틀림없다.

그러던 중 갑자기 코요가 치사토를 정실로 삼겠다고 발표했다. 처문도 끝내서 그 몸도 이미 맺어졌다고 들은 여인들의 분노와 절망은 얼마나 컸을까.

이름 있는 공주라면 모를까 이름도 얼굴도 지금까지 누구에게도 알려지지 않았던 치사토에 대한 질투는 굉장하다고, 마츠카제는 여어들을 섬기는 궁녀들로부터도 은근히 이야기를 들었다.

지금까지 접점이 없었기 때문에 무리하게 겁을 주는 것도 불쌍할까 싶어서 치사토에게는 아무것도 말하지 않았지만, 미리 조금이라도 지식을 전해두는 것이 좋았을지도 모른다.

"치사토님은 어떻게 하고 계십니까?"

"받아치셨다."

"네?"

"지지 않으시더군."

"그랬습니까……."

치사토가 아무리 지기 싫어하는 성격이라도 여인 집단을 이기기는 힘겨울지도 모른다고 생각했다. 하지만 그 오기는 마츠카제의 생각 이상이었던 것 같다.

특히 나츠하에게 말로 지지 않았다면 앞으로도 코요 천황의 정실로서 듬직하게 버틸 수도 있을 것 같다. 그 장면을 보고 싶었다며, 마츠카제의 표정도 다시 부드럽게 풀렸다.

"허나……."

그러나 이어지는 나카츠카사의 목소리는 조금 불온한 분위기였다. 지금 들은 이상의 일이 있었나 싶어서 마츠카제는 그 앞의 말을 기다렸다.

"……내가 조금 지나치게 엄격한 말씀을 드렸다. 꽤 낙담하고 계셨으니 아무쪼록 위로해 주게나."

"나카츠카사님께서 엄격하게?"

"폐하의 정실이 된다는 각오가 약간 무른 느낌이었다. 허나 아직 어린 치사토님께는 혹독한 말이었을지도 모르네."

아무래도 나카츠카사는 후회하고 있는 것 같았다. 어떤 때에도 꼿꼿하고 코요 천황을 제일로 생각하는 나카츠카사의 신념은 확고부동하다. 항상 치사토를 섬기는 마츠카제는 그의 무른 부분도 알고 있고, 나카츠카사가 보기에는 그것은 코요에 대한 마음이 무르다고 받아들여도 어쩔 수 없다고 생각했다.

하지만 그 나카츠카사가 후회하고 있다고 하는 이상 치사토는 눈에 띄게 풀죽은 모습인지도 모른다.

"알겠습니다."

"면목이 없군."

"아니요, 저는 치사토님을 섬기는 궁녀니까요. 어떤 때라도 치사토님을 먼저 생각하라는 폐하의 명을 받들었사옵니다."

"……폐하께서 하실 만한 말씀이로군."

"저는 치사토님께 가보겠습니다."

"붙잡아서 미안했다."

마츠카제는 나카츠카사의 말에 고개를 숙이고, 불안해하고 있을 어린 주인에게 한시라도 빨리 가려고 발걸음을 재촉했다.

*　　*　　*

마츠카제가 치사토를 데리고 코요에게 돌아온 것은 생각보다 조금 이른 시간이었다. 틀림없이 이런 딱딱한 자리가 싫다면서 심통 나 드러누웠겠거니 생각했는데, 자리에 돌아온 치사토는 방금 전까지보다 마음을 단단히 먹은 표정을 하고 옆에 앉았다.

"무슨 일이라도 있었느냐."

"……아무것도."

"조금은 쉬었느냐?"

"응."

"……."

돌아오는 말이 쌀쌀맞다. 그래도 여기 다시 앉아준다는 것은 완전히 자신을 받아주었기 때문이 아닐까 생각했다.

그러나 언뜻 치사토 뒤에서 대기하는 마츠카제에게 시선을 돌렸을 때, 어째서인지 안색이 안 좋아 보였다. 무슨 일인지 곧바로 따져 묻고 싶었지만 모처럼 돌아온 치사토를 생각해서 나중으로 돌리기로 했다.

"어떠냐, 치사토. 여기에 있는 자들은 모두 나와 너를 섬기는 자들이다. 이자들의 뒤에는 수많은 백성이 있다. 그 정점에 서는 것이 나와 너다."

절대 권력을 가진 천황. 모든 사람을 지배할 수 있는 위치.

한편, 그만큼 백성의 생명을, 생활을 지켜야 하는 입장.

그 의미를, 무게를 알아주었으면 한다.

태어날 때부터 지배자가 되기 위해 교육받은 자신과는 달리 치사토는 갑자기 이 입장에 끌려 들어온 형태다. 당황과 두려움이 더 크겠지만 물론 자신이 평생 지켜나갈 생각이었다.

"……난 몰라."

"치사토."

"나는…… 평범한 학생인걸."

작게 중얼거린 치사토의 말이 들리지 않아, 코요는 몸을 가까이 대고 다시 말하라고 재촉하려고 한다. 하지만 그 전에 불청객이 나타났다.

"폐하."

"……사이죠냐."

처음에 인사를 하러 왔을 때 이후 전혀 모습을 보이지 않았기 때문에 벌써 돌아간 줄 알았는데, 아무래도 무슨 일이 있어도 꼭 치사토의 얼굴을 보고 싶었던 모양이다.

"사이죠?"

코요가 중얼거리는 말을 듣고 치사토가 민감하게 반응한다. 그렇다고 내칠 수도 없는 노릇이라 코요는 사이죠에게 말을 걸었다.

"연회는 즐기고 있느냐."

"그야 한껏 즐겼사옵니다. 치사토님께서 행차하셨다는

것 같습니다만."

"……치사토."

가능하면 이 둘의 대면은 피하고 싶었지만 어쩔 수 없다. 발 너머라 얼굴은 똑똑히 보이지 않겠거니 생각하면서, 코요는 치사토에게 사이죠를 소개했다.

"좌대신 사이죠 토키시게다."

"좌대신……."

나쁜 예감은 들어맞아, 치사토는 그러자마자 흥미로운 듯이 몸을 내밀었다. 설마 여기에서 대면을 중단할 수 있을 리 만무해서, 코요는 떨떠름한 표정으로 사이죠를 재촉했다.

"처음 뵙겠습니다. 사이죠 토키시게라 하옵니다."

엎드리면서 자신을 소개한 사이죠에게 치사토가 안달이 나서 묻는다.

"키요시게 씨의 아버지 맞죠?"

"키요시게를 알고 계십니까?"

"어, 아, 그러니까, 조금."

"……."

'아무리 그래도 도망쳤을 때 사이죠 저택에 뛰어들었다는 말은 못하는군.'

치사토가 사이죠의 저택에 숨었을 때, 불행 중 다행인지 사이죠는 집을 비우고 있었다. 그 후에 키요시게를 불러내서 엄중하게 입단속을 하고 저택 사람들에게도 철저하게 주지하라고 명했는데, 아무래도 그것을 착실하게 지킨 모양이다.

사이죠는 치사토와 키요시게가 아는 사이라는 것을 순수하게 놀라다가, 금세 자세히 들으려고 치사토에게 연거푸 질문하기 시작했다.

“어디서 만나셨습니까?”

“저기.”

“어떤 이야기를 하셨습니까?”

“으, 으음~”

치사토는 어떻게 대답해야 할지 망설여지는지 도움을 요청하듯이 코요에게 시선을 보냈다. 이럴 때만 의지하는 것도 억울한 생각은 들지만 사실 나쁜 기분은 아니라는 것이 본심이다.

“……이 녀석이 한 번 신세를 졌다.”

내용은 일절 밝히지 않고 간결하게 설명했지만, 사이죠에게는 그것만으로도 충분했던 것 같다.

“오오. 아들놈은 저에게 아무것도 말하지 않았기 때문에 전혀 몰랐습니다. 하여간, 그런 중요한 일을.”

사이죠가 보기에는 모처럼 치사토에게 잘 보일 틈이 있

었다는데 무엇을 하고 있던 거냐 하는 창피한 속내가 틀림 없다. 치사토를 구워삶으면 코요 천황에게도 후한 대우를 조르게 할 수도 있었는데 하고.

물론 아무리 사랑하는 치사토가 말하더라도 사적인 감정으로 행정 및 인사를 움직이지는 않는다. 그러나 사이죠는 그것을 이해하지는 못할 것이다.

코요는 치사토의 옆얼굴을 보았다. 사이죠에게 흥미는 있는 것 같지만 그렇다고 스스로 적극적으로 말을 거는 기색은 없다.

치사토에게 있어서는 키요시게의 아버지라는 인식뿐인지도 모르다.

'이제 슬슬 물러가게 하는 게 좋겠군.'

그렇다 해도 더 이상 접근하게 둘 생각은 없다.

"사이죠."

"예."

"치사토도 슬슬 피곤해하는군. 이제 됐겠지."

"……그렇습니까?"

은근히 면회를 중단하라고 재촉하자 사이죠도 더 이상 강하게 나올 수 없다. 내심 불만도 있겠지만, 겉으로는 상냥하게 치사토에게 말했다.

"조만간 천천히 시간을 내주셨으면 하고 바라옵니다."

"아, 네."

"그러면, 폐하, 물러나겠나이다."

자신에게 오는 말에는 가볍게 고개를 끄덕이는 정도로 응수하자 사이죠는 다시 고개를 숙이고 나서 그 자리에서 물러났다.

사이죠에게 치사토와 안면을 만든다는 최소한의 목적은 달성했다는 건가.

'지금 이 대면으로 무엇을 꾸밀는지…….'

이후 즉시 키요시게를 불러서 치사토와의 관계를 물을 것이다. 그러나 키요시게가 그것을 입 밖으로 내면 자신의 잘못을 들키는 셈이다. 키요시게의 긍지를 생각하면 도저히 말할 것 같지 않지만 호락호락하지 않은 사이죠가 그것에 납득할 리가 없다. 헤어질 때 말한 대로 치사토와 개인적으로 만나자고 할 가능성이 높았다.

"치사토."

"……뭐야?"

사이죠가 떠나는 모습을 배웅한 치사토는 코요의 말에 당황해서 이쪽을 돌아보았다.

"대면은 이루어지지 않을 것이다."

"어?"

"사이죠를 만나는 것은 허락할 수 없다."

"어, 어째서?"

"알겠느냐."

"아키마사!"

이유를 말하지 않는 코요에게 치사토가 불만스럽게 대들었지만, 설마 키요시게와 다시 접촉하는 것을 허락할 수 없기 때문이라고 말할 수는 없다. 황제씩이나 되는 자가 질투를 한다는 것을 어떻게 입 밖으로 내겠는가.

"마츠카제."

"예."

코요는 마츠카제를 불렀다.

"치사토를 광려전으로."

"예."

"잠깐만!"

억지로 이야기를 자르려고 하자 치사토가 옷소매를 잡았다.

"이유! 똑바로 말해!"

화가 난 듯하지만 그래도 작은 목소리로 말하는 것은 주위에 들리지 않게 하려는 생각일까. 조금은 자신을 신경 써 주는 것은 아닐까 생각하면서, 코요는 치사토의 검은 머리를 부드럽게 어루만지면서 말했다.

"피곤하지? 오늘 밤은 천천히 쉬도록 하여라."

*　*　*

스스로도 오래 머물 생각은 없었지만, 갑자기 돌아가라는 말을 듣는 것도 도무지 이유를 모르겠다.

하지만 치사토가 아무리 이유를 물어봐도 코요는 대답해주지 않고, 결국 치사토는 마츠카제에게 재촉받아 나카츠카사와 몇 명의 호위병의 비호를 받으면서 광려전으로 이어지는 복도를 걸었다.

왠지 납득은 가지 않지만 기분을 전환하기로 한다. 생각해 보면 이렇게 혼자 광려전에 돌아갈 수 있는 것은 마침 잘된 일이었다. 이대로 코요가 하룻밤 내내 동향전에 있어 준다면 키요시게에게 소란을 일으켜 달라고 하지 않더라도 그 장소에 그 시간에 설 수 있다.

'그러려면 마츠카제와 나카츠카사 씨도 어떻게든 해야 하지만…….'

필사적으로 생각하던 치사토는 자연스럽게 말수가 적어졌다. 그러자 뒤에 걸어오던 마츠카제가 말을 걸어왔다.

"폐하께옵서도 치사토님께서 익숙지 않은 장소에서 지친 것을 알고 계셨습니다. 천천히 쉬시려면 익숙한 광려전이 낫다고 생각하셨을 게 틀림없사옵니다."

아무래도, 치사토가 말수가 적은 것은 화가 나서 그런 것이라고 착각한 것 같다. 하긴 코요 앞에서 떠날 때 약간 불만스러운 표정을 지었던 것 같지만…….

'아, 하지만 마침 잘됐는지도.'

오해받은 대로 화가 난 척을 하면 알아서 치사토를 혼자 있게 해주려고 할지도 모른다.

"……정말 폭군이야."

이번에는 명백한 의도를 가지고 치사토는 불평했다.

"치사토님."

"항상 유창하게 기름진 소리나 하는 주제에 중요한 때는 입을 조개처럼 다무는걸. 마츠카제도 화날 때 있지?"

멈춰 서서 뒤돌아보자, 마츠카제는 난처한 표정을 지으면서도 고개를 흔들었다.

"폐하께서는 할 말, 해야 하는 말은 제대로 알고 계시는 분입니다. 이번에도 치사토님을 생각해서 말씀해 주시는 것이에요."

여전히, 마츠카제의 코요 천황 숭배는 확고하다.

그렇다면, 이라며 치사토는 자신에게 맞추어서 발을 멈춘 나카츠카사에도 물어본다.

"나카츠카사 씨는 어떻게 생각해?"

"마츠카제님과 다름없습니다."

"……흐음~"

어차피 이 두 사람에게 무슨 말을 해도 코요가 옳다는 결론이 날 뿐이다. 애초에 동조는 기대하지 않았기 때문에, 치사토는 바로 포기하고 걷기 시작했다.

'지금은 불평을 하는 것보다…….'

지금밖에 할 수 없는 것이 또 있었다. 머릿속에서 계속 타이밍을 재고 있었지만 분명 여기밖에 없다.

"있잖아, 오늘 아키마사 방에서 자도 괜찮을까?"

"네?"

그가 없는 지금, 여기에 입고 왔던 자신의 옷과 안경을 되찾기 위해서라도 치사토는 꼭 코요의 방에 가고 싶었다.

치사토의 방과 코요의 방은 같은 광려전에 자리 잡고 있어서 걸어도 몇 분 정도밖에 떨어지지 않은 거리다.

듣자하니 황제의 아내란, 정실이라도 측실이라도 자신의 저택을 부여받고 거기서 황제의 방문을 기다리는 것 같다. 오오카가 경상전의 여어라고 불리는 것도 경상전이라는 저택의 여주인이기 때문이다.

그러나 어째서인지 치사토의 경우, 코요의 강한 희망에 의해 그의 사저인 광려전에 함께 살고 있다. 이것은 전대미문의 일인 것 같다. 마츠카제가 말하기로는 그만큼 치사토에 대한 코요의 사랑이 강하기 때문이라는 것 같지만, 그것을 들었을 때는 솔직히 기쁘지 않다는 생각뿐이었다. 그러나 제일 중요한 때 그것이 도움이 될 것 같다.

이동 거리가 짧을수록 좋고 가능하다면 그 정원이 내려다보이는 코요의 방에 있는 것이 제일 유리하다.

"안 되면 됐고."

"사카에."

"네, 지금 바로 다녀오겠습니다."

마츠카제의 말에 사카에가 황급히 복도를 달려간다. 깜짝 놀라 그 모습을 보는 치사토에게, 마츠카제는 기쁜 듯이 미소 지으며 말했다.

"치사토님께서 그런 말씀을 하시다니 폐하께서도 필시 기뻐하실 것입니다."

"기뻐해?"

"본래 혼인 관계인 자라도 같은 방에 숙식하는 전례는 없습니다만, 폐하께서는 잠시라도 치사토님과 떨어지기를 원치 않는 듯 보입니다. 그러한 마음을 품은 가운데, 치사토님께서 그렇게 생각하신다는 것을 아신다면 그야말로 하늘에도 오르는 기분이 될지도 모릅니다."

"그, 그렇게까지 무거운 기분은 아닌데……."

자신의 의도와 너무나 달라서 식은땀이 나올 것 같다.

"형식상 폐하의 뜻을 여쭙기 위해 사람을 보냈습니다만,

대답은 들을 것도 없을 것입니다."

"마츠카제……."

자신의 의도와는 전혀 다른 방향으로 이야기가 기울어져, 치사토는 빰이 뻣뻣해진다. 단순히 이동 거리와 옷 문제로 이야기를 꺼냈을 뿐인데 혹시 마츠카제가 생각하는 것처럼 코요도 치사토가 스스로 곁에 있고 싶다고 생각하게 되었다고 믿으려나.

'……일 났네.'

안 그래도 자신에 관해서는 폭주 기색인 그 남자가 기쁨을 주체 못하고 어떤 행동을 취할지 생각만 해도 무섭다.

"……."

치사토는 무의식적으로 도움을 청하듯이 나카츠카사에게 시선을 돌렸다.

방금 전부터 치사토 쪽을 보고 있던 것 같던 나카츠카사는 곧 시선이 마주쳤지만, 그는 아무 말도 안 하고 옆에 대기하고 있다. 지금까지 실컷 쓴 소리(치사토에게는 싫은 소리로 밖에 여겨지지 않는 것들)를 해대던 그답지 않은 태도에, 참지 못한 치사토는 무심코 물어보았다.

"나카츠카사 씨는? 내가 아키마사 방에 가는 건 그만두는 게 낫다고 생각해요?"

"폐하의 기분 나름입니다."

"그 말은……."

"그것보다 저는 당신이 왜 그런 이야기를 꺼냈는지에 관심이 있습니다."

"왜, 왜긴, 딱히 이유는 없는데요!"

설마 도망치는 데 편하니까 그런 거라고 말할 수 있을 리가 없다. 치사토가 말끝을 흐리고 가시방석에 앉은 기분으로 기다리는 와중, 방금 전 마츠카제의 명으로 코요에게 갔던 사카에가 돌아왔다.

생각했던 것보다 빨랐던 것은 그녀가 상당히 서둘렀기 때문이다. 거칠게 숨을 쉬고 있던 사카에는 치사토의 옆에 무릎을 꿇고 눈부신 미소로 쳐다보았다. 그 얼굴을 보기만 해도 코요가 뭐라고 대답했는지 알 것 같았다.

"어땠나요, 사카에."

마츠카제가 묻자 사카에는 급히 대답했다.

"치사토님이 원하시는 대로 하라십니다."

"그럼 허락해 주신거지요?"

"매우 기뻐하셨습니다. 그렇게 기뻐하시는 폐하의 용안은 처음 뵈었습니다."

사카에의 대답에 마츠카제도 미소 지으면서 치사토를 돌아보았다.

"즉시 채비를 갖춘 후, 폐하의 침소로 안내하겠사옵니다."

"치, 침소가 아니고, 방이라니까!"

코요와 잠자리를 가질, 아니, 확실히 말하자, 더 이상 섹스할 생각은 없다. 부부가 참 금슬 좋다고 오해하는 것은 자기 마음이지만, 치사토는 일단 확실히 말해두려고 외쳤다.

"사카에, 먼저 돌아가서 치사토님의 기모노 준비를."

"예."

"마츠카제!"

"치사토님, 마음이 급하실 줄은 알지만 한 번 방으로 돌아가시지요."

"어우, 참!"

'이야기를 들으라고, 좀!'

허무한 고함은 누구의 귀에 닿지도 않고, 치사토는 등을 떠밀리듯 한번 자기 방으로 끌려갔다.

익숙한 장소에 돌아와서 약간 어깨의 긴장이 풀린 치사토 앞에 만주와 차가 준비되었다. 잠시 쉬고 있으라는 말을 들었지만 눈앞에서 분주하게 움직이는 궁녀들을 보고 있노라니 태평스럽게 쉬고 있을 수는 없었다.

'……무슨 말을 해도 어쩔 수 없지.'

진실을 말할 수도 없고, 더 이상 반론도 허무하다. 아무

튼 코요가 그 자리에 없기만 해도 좋은 거지, 라고 포기하고 치사토는 옆을 보았다.

"……만주 안 먹나요?"

"공무 중입니다."

"내가 그래도 된다고 해도?"

딱딱하게 대답한 나카츠카사는 등을 꼿꼿하게 편 채로 있었다. 방금 전부터 편하게 앉으라고 하는데도 마치 치사토의 목소리가 들리지 않는 것만 같았다.

"저 자신의 문제니까요."

요컨대 자기 주인은 코요 천황이므로 그의 명령밖에 듣지 않는다는 의사 표시일 것이다. 이렇게까지 말하는 이상 치사토도 더 이상 권하지 않고, 스스로 만주를 한입 베어 물었다.

"……달다."

동향전의 대기실에서도 조금 요리를 입에 댔지만 그때는 키요시게의 존재를 마츠카제와 나카츠카사에게 들키지 않기 위하여 필사적이라 맛은 거의 몰랐다는 게 솔직한 감상이었다.

이제 겨우 단맛을 느끼고 생각보다 배가 고팠다는 것을 깨달았다. 마츠카제는 입가심 삼아서 먹으라고 준비해 준 것일지도 모르지만, 이럴 줄 알았으면 주먹밥 같은 걸 달라고 요청했더라면 좋을 텐데 하고 후회했다.

"치사토님."

"아암?"

나카츠카사가 이름을 불러, 치사토는 만주가 입속에 들어간 상태 그대로 고개를 갸웃거렸다.

"폐하와 평생을 함께해 주시기를…… 부탁합니다."

난데없는 말을 듣고 치사토는 눈이 휘둥그레졌다.

"폐하께서는 정말 당신을 아끼고 사랑하고 계십니다. 만일 당신이 도망가 버리면 그분이 어떻게 되어버릴지 도저히 상상할 수 없습니다."

"……."

"어린 시절부터 차기 황제로 교육을 받아온 그분은, 자기 자신의 생명도 국가의 것이라는 마음이십니다. 결혼도, 자녀도, 모두 국가를 위한 것. 그런 그분이 스스로의 욕심으로 원했던 것은 치사토님, 당신이 처음입니다."

귀를 막고 싶어 견딜 수 없었다. 더 이상 코요에 대해 들어도 이제 와서 치사토는 자신의 행동을 막을 수 없다.

'나와 아키마사는 같은 시간에 살면 안 된다고.'

운명의 장난으로 만나버렸지만 변칙적인 것은 언젠가 수정되어야 한다.

"치사토님."

"한번 길을 벗어날 수 있었다면, 앞으로도 아마 할 수 있을 거라고 생각합니다."

자신의 마음에 솔직해지는 법을 안 코요는 치사토가 없어지면 또 새로운 누군가를 사랑할 것이다.

치사토는 먹던 만주를 모두 입에 넣고 지금은 말할 수 없다는 태도를 취했다. 총명한 나카츠카사는 그것을 깨달았는지, 그 뒤로 입을 딱 다물었다.

"오래 기다리게 했습니다."

아마 이십 분도 지나지 않았던 것 같지만 치사토에게는 오랜 시간이 흐른 것 같았다. 마츠카제가 겨우 채비가 갖추어졌다고 전하러 오자 치사토는 서둘러 일어섰다.

"그럼 갈까."

"이쪽으로 오시지요."

아무래도 다른 짐은 먼저 옮긴 모양이라 치사토는 손에 아무것도 들지 않은 마츠카제와 몇 명의 궁녀와 함께 코요의 방으로 향했다. 물론 나카츠카사 이하 다섯 명의 호위도 함께였다.

치사토는 밤바람에 차가워진 복도를 걸어서 과거 수차례 방문한 적이 있는 코요의 방에 들어갔다.

이 세계에 왔을 때 제일 먼저 보호되었던 곳이다. 그때는 침착하게 주위를 보지도 못했지만 지금은 환하게 비추는 불빛 아래 코요의 진정한 개인 공간을 차분히 볼 수 있었다.

크게 네 칸으로 나누어진 방은 급한 손님과 만나는 응접실, 편히 쉬는 거실, 일을 하는 서재, 침실로 나누어져 있다. 황제의 방답게 금색과 은색을 많이 쓴 호화로운 가구와 병풍이나 키쵸가 있고, 곳곳에 어우러진 장식도 꽤 손이 많이 간 정교한 것이었다.

하지만 생각만큼의 과도한 현란함이 아니라 오히려 조화롭고 기능적인 객실이다.

'……아키마사 냄새가 난다.'

방에는 그가 즐겨 사용하는 향의 향기가 나서, 그것만으로도 여기가 그의 사실(私室)이라는 것을 감각으로도 실감케 했다.

자신의 옷은 정말 이 넓은 방 안에 숨겨져 있을까? 그러나 아무리 생각해도 이곳 이외의 가능성은 떠오르지 않아, 치사토는 가구에 시선을 보냈다.

'쉽사리 남들한테 들킬 곳에 두지는 않을 거라고 생각하지만…….'

"차를 준비할까요?"

치사토의 모습을 보고 진정시키려 생각했는지 마츠카제가 말을 걸어왔다.

"아니, 아까 마셔서 필요 없어."

그것보다 빨리 혼자 있고 싶다.

"나, 잠깐 쉴게, 조금 피곤해."

"옥체는……."

"걱정하지 않아도 괜찮아. 정말 조금 지쳤을 뿐이니까."

"……그러네요. 게다가, 본래는 이제 주무실 시간이고요."

오락의 수단이 없는 이 세상에서 치사토는 마치 유치원생처럼 극히 건강한 시간을 보내고 있다. 정확한 시간은 모르겠지만, 오후 다섯 시에 저녁을 먹고 아홉 시 이전에 잠자리에 든다는 것이다. TV도 게임도 휴대전화도 없고, 너무나 달필이라 읽을 수 없는 책으로는 시간 죽이기도 못하니, 아무래도 그런 생활주기가 되어버렸다.

그러나 코요가 야한 짓을 할 때는 상당히 밤늦게까지 깨어 있도록 강요되었지만 이것은 이제 아무래도 좋은 일이다.

게다가 은근히 혼자 있고 싶다는 치사토의 마음을 총명한 마츠카제는 알아준 것 같다.

"갈아입을 옷을……."

"아, 괜찮아."

지금부터 옷 갈아입기를 거들었다가는 상당한 시간이 소

요된다. 그 시간이 아깝다.

"정말 자는 건 아니니까."

"그럼 불을 끄겠습니다."

"아, 그대로 놔둬. 익숙지 않은 장소라 어두우면 무서우니까."

안 그래도 이 세계의 빛이라고는 기름에 불을 붙이는 것뿐이라 방의 구석구석까지 비추어주지는 않는다. 이 불이 꺼진다면 그야말로 암흑 속에서 찾아야 한다.

"알았습니다. 우리들은 폐하가 돌아오실 때까지 이 옆에서 대기하고 있을 테니, 필요한 게 있거든 바로 불러주시어요."

"응. 나카츠카사 씨도 맡은 일에 돌아가도 괜찮아요."

오히려 제발 돌아가 달라고 마음속으로 빌면서 말하자, 나카츠카사는 즉시 아니요라고 대답했다.

"저는 폐하에게서 치사토님을 호위하라는 어명을 받았습니다. 무엇보다 우선해야 할 것은 치사토님의 신변. 즉시 달려올 수 있도록 밖에서 지키고 있겠습니다."

"그, 그래요."

이렇게까지 말하는데, 그래도 돌아가라고는 도저히 말할 수 없다. 치사토는 최대한 소리를 내지 않고 움직일 수밖에 없다고 생각을 고쳐먹고 방에서 나가는 일행을 배웅했다.

"자아."

바깥에 있다고는 해도, 격자와 미닫이로 칸이 구분되어 있기 때문에 쉽게 안쪽을 살필 수는 없을 것이다.

치사토는 몇 장이나 겹쳐 입었던 우치기를 벗고 몸이 홀가분해지자, 즉시 방 안을 조사하기로 했다.

옷이 숨겨져 있을 거라고 의심되는 반침 같은 것은 원래 없다. 벗은 옷을 수납하는 옻칠된 상자라든지, 작은 물건을 넣을 정도의 작은 장롱 같은 가구라든지.

"……어디일까……."

치사토는 각 방의 그럴싸한 장소를 어쨌든 돌아보았다.

물건은 얇은 옷과 안경뿐이다. 그렇게 큰 장소가 아니어도 괜찮겠지만, 그런 작은 가구도 여기에 없었다.

돌아다니던 치사토는 문득 발을 멈춘다. 그러고 보니 자신이 옷을 갈아입을 때도 아침에 궁녀들이 일부러 갖다 주었다. 물론 소품도 그렇다. 그렇게 생각하면 고귀한 신분의 사람은 자신의 방에 옷을 놓는 가구 같은 건 필요 없는 게 아닐까.

"……."

그런 짐작이 가자 치사토는 몸에서 힘이 빠져서 그 자리에 주저앉아 버렸다. 아무리 찾아도 코요의 방에 치사토의 옷은 없다.

"어쩌지……."

이대로 이 세계에 옷을 두고 가도 괜찮을까.

이 세계의 옷을 입고 원래 세계로 돌아갈 수 있을까.

생각해도 결론은 나오지 않아, 치사토는 코요의 침소 위에 앉아서 앞으로의 일을 곰곰이 생각했다.

오늘 원래 세계로 돌아가겠다고 결의했지만 그것이 정말 실현될지는 전혀 알 수 없다. 어쩌면 이쪽 세계에 한번 오면 돌아갈 수단은 없을지도 모른다.

생각하면 생각할수록 생각이 마이너스 방향으로만 퍼져 나가서 치사토는 이제 어떻게 하면 좋을지 알 수 없어 그 자리에 푹 엎드려 버렸다.

'이제…… 단념할 수밖에 없는 걸까…….'

이 세계에 온 것을 운명이라고 받아들이고 어떻게든 살아가는 것만을 생각하지 않으면 안 될지도 모른다.

"우~"

그렇게 되면 지금까지 반발만 했던 코요를 대하는 태도도 고쳐야 한다.

뭐니 뭐니 해도 그 남자는 이 나라에서 가장 높은 사람이고 치사토를 비호해 줄 최적의 남자였다.

하지만 그런 타산으로 코요를 대해도 될까…… 기분은

또 다시 거기까지 거슬러 올라가서 치사토의 신음 소리는 전혀 그치지 않는다.

어떻게 하면 좋을까.

무엇을 생각하면 될까.

그렇게 생각하면서 벌렁 드러누운 치사토는,

"……어?"

문득 등에 위화감을 느꼈다.

황급히 일어나 자신이 앉아 있던 침소의 다다미를 내려다보았다. 석 장 정도 되는 다다미 아래에는 한층 작은 돗자리가 깔려 있었다.

"이런 게 있었던가?"

자신의 잠자리에는 다다미밖에 없었던 것 같다고 생각하면서 치사토는 자리치고는 조금 두께가 있는 그것의 끝을 어떻게든 들어보았다.

"!"

그러자 조금이긴 하지만 흰 천이 보였다.

즉시 돗자리에서 물러난 치사토는 이삼 킬로그램은 될 법한 그것을 높이 들어 올려, 거기에서 이윽고 자신이 입고 있던 흰색 티셔츠와 오렌지색 반바지를 발견했다.

치사토는 무심코 환성을 지를 뻔했지만 간신히 참고 그것들을 돗자리 아래에서 끌어낸 뒤, 이번에는 신중하게 돗

자리의 위치를 매만졌다. 이곳을 건드렸다는 것을 코요에게 들키지 않기 위해서다.

"이런 데다가 숨겼을 줄이야……. 하여간, 등잔 밑이 어둡다는 건가?"

설마, 코요가 항상 잠드는 자리 아래에 옷을 숨겼을 줄은 생각도 못했다. 찾아도 찾을 수 없다면 이미 처분되었을 가능성이 가장 높다고 생각했기 때문이다.

그런데 자신이 직접 지키듯이 이런 곳에 숨기다니 얼마나 신중한 남자인가.

남은 건 안경이지만 이것은 이제 포기하는 것이 좋을지도 모른다. 더 이상 부스럭대다가는 밖에 있는 나카츠카사에게 의심받을 거고, 애초에 더 이상 찾을 곳이 없다.

게다가 소리를 내지 않도록 조심스럽게 움직이기에는 옷이 너무 무거워서 이제 슬슬 체력도 한계였다.

"이제 이걸 어디에 숨겨 둘지가 문젠데."

지금 당장 갈아입기는 너무 이르다. 그때까지 이 방 안 어딘가에 숨겨놓고, 막상 행동할 때 곧바로 꺼내서 갈아입을 수 있게 해야 한다.

"……."

지금까지 방 안을 뒤지고 있었기 때문에 숨길 장소를 생각하는 것은 간단했다. 치사토는 부둥켜안고 있던 옷을 반

듯하게 작게 개어서 주위를 빙 둘러 보았다.

*　　*　　*

"폐하, 잔을 받으시지요."

"그래."

잔에 가득 부어진 술을 코요는 단숨에 다 마셨다.

피로연도 가경을 맞이하고 있었다.

가장 중요했던 치사토의 첫선은 끝나고 이미 방에 물러가게 했다. 그렇지 않아도 이 결혼을 고분고분하게 따르지 않는 치사토를 사람들 틈바구니에 두지 않는 것이 좋을 것이라고 생각했기 때문이다.

그 이후로는 차례차례로 술을 따르러 오는 참석자의 축하의 말을 받고 술을 계속 마시고 있었다. 술에는 강한 편이지만 오늘은 얼큰하게 취한 것 같다.

"그건 그렇고, 치사토님께서 그토록 사랑스러운 공주님일 줄이야. 폐하, 어디에서 처음 보신 겁니까?"

술 취한 귀족이 묻자 코요는 무심코 눈가에 웃음이 띠고 답했다.

"내가 치사토와 만난 것은 하늘의 뜻이다. 그토록 사랑스러운 사람을 나는 모르고 앞으로도 틀림없이 나타날 일이 없을 것이다."

"그리도 지극한 총애라면 머지않아 후사도……."

"아니."

치사토에게 다음 아들을 기대하는 귀족은 치사토가 남자임을 당연히 모른다. 앞으로도 알릴 생각은 없지만, 이것만은 말해두어야지 하고 코요는 부정했다.

"나는 더 이상 자식은 필요 없느니라."

"폐하?"

"이미 동궁이 있고, 하늘께서 네 명이나 되는 공주를 내려주셨다. 더 이상 자식은 필요 없느니라."

"하오나."

"황통은 한 분이라도 더 점지받는 것이 좋을 것으로 사료되옵나이다."

"무슨 일이 벌어질지 모르는 세상이니 말입니다."

"폐하, 부디 어심을 돌리시옵소서."

코요의 발언은 제일 먼저 말하던 귀족뿐만 아니라 주위 사람도 놀라게 했는지, 각자가 마음을 고쳐먹으라고 흥분해서 말했다. 그 마음은 모르는 것도 아니다. 만일 카즈아키에게 무슨 일이 있다면, 비어 있는 동궁 자리를 차지하려고 금세 세력도가 크게 움직일 것은 분명하다.

그것을 위해서라도 적어도 한 명은 더 황자를 낳아야 이 코요의 천하가 안정되는 것이 아닐까 하고 생각하겠지만, 코요는 카즈아키를 위해서도 더 이상 황자를 생산할 생각은 없었다.

평화로운 세상이라도 황자가 두 명 있으면 황제의 지위를 놓고 정변이 일어날 수가 있다. 아이들끼리나 어머니끼리 사이가 좋아도, 그 배후에 있는 자들의 꿍꿍이가 교차한다. 코요는 적어도 자기 아이에게는 그런 싸움을 시키고 싶지 않았다.

다행히 치사토는 남자라 아이를 낳을 일은 없다. 치사토를 사랑한다는 것이 전제지만, 그 문제에 대해서도 코요는 자신을 행운이라고 생각했다.

"치사토를 아이에게 빼앗길 수는 없는 노릇이니 말이다."

"아이쿠, 이것 참."

"총애하는 비를 맞아들이신 바로 직후니까, 이런 이야기는 멋없는 짓이겠군요."

코요의 말에 주위는 자기 좋을 대로 오해를 한 것 같고, 게다가 두 사람의 사이를 시끌벅적하게 놀려댄다. 그것도 좋겠지 하고, 코요는 조용히 미소를 지었다.

'치사토는 지금쯤 무엇을 하고 있을꼬.'

방금 치사토를 모시는 궁녀가 와서 치사토가 코요의 침

소에서 기다리고 싶다고 한다, 그런 비슷한 말을 전했다.

설마 했지만 다른 한편으로 치솟는 기쁨은 억누를 수 없어, 코요는 두말없이 그것을 허락했다. 본래는 누구든 간에 들여보내지 않지만 치사토이기에 맞이하고 싶다.

그대로 그 달콤한 몸을 품으면 얼마나 행복할꼬.

그렇게 생각하면 어서 이 자리를 떠나 치사토가 기다릴 침소에 가고 싶다고 마음이 조급해진다.

“하기노를.”

“예.”

다른 곳에서 마시고 있을 하기노를 부르도록 분부하고, 코요는 결국 잔을 쟁반에 내렸다.

“폐하.”

“왔는가?”

하기노가 곧 나타났다. 태정대신 하기노도 상당히 마셨을 텐데 언뜻 보면 안색도 변하지 않았고 말투도 평소와 변함없었다.

“나는 이제 물러나려고 하는데.”

“오늘 밤은 날이 밝을 때까지 마실 예정이 아니었습니까?”

코요가 왜 빨리 광려전에 돌아가고 싶어 하는지 그 이유를 알고 있을 하기노는 미소를 띠고 말했다. 코요도 오늘만큼은 속일 필요도 숨길 필요도 없었다.

"어서 치사토를 안고 싶으니까 말이다."

"허허, 거 참……."

"드디어 명실고이 치사토를 짐의 정실로 만들었네. 이제는 누구에게 거리낄 것 없이 고놈을 귀여워할 수 있다는 게야."

"하하하, 지금도 충분히 주위를 안 보시는 것 같습니다만. 하오나 오늘 밤은 특히 그렇게 생각하시는 것도 이해가 됩니다. 뒷일은 소신에게 맡겨주시옵소서."

치사토에 대한 마음을 잘 아는 하기노는 코요에게 그렇게 말하고 나가라고 등을 떠밀어주었다. 고개를 끄덕이고 일어선 코요는 절로 자신에게 모이는 시선을 받아치면서 말했다.

"여봐라, 오늘 밤은 짐과 치사토를 위해 잘 와주었다. 짐은 이제 퇴장하지만, 모두들 마음껏 즐기도록 하거라."

환성이 끓고, 코요 천황과 치사토에게 보내는 찬사가 여기저기서 난무했다.

"그럼 부탁한다, 하기노."

"존명."

코요는 끝없이 말을 거는 자들을 지나 건널복도를 걸어 곧 동향전을 나왔다.

오늘 밤은 신분이 있는 자들이 많이 모여 있기 때문에 경비는 평소 이상으로 엄중하게 하고 있다. 지금 온 건널복도에서 내려다보이는 정원에도 많은 근위병과 위문(衛門)들이 경계하고 있었다.

모두들 코요 천황의 모습을 보면 한쪽 무릎을 땅에 꿇고 인사 자세를 취하며 저마다 결혼 축사를 말한다. 거기에 응하던 코요는 문득 시선 끝에 잘 아는 모습을 포착했다.

"……."

망설인 건 한순간이었다. 코요는 곧바로 그 모습을 향해 발을 옮겼다. 처음에는 눈치채지 못했던 듯한 상대는 근처 근위병의 주의를 받아 이쪽을 돌아보았다.

"폐하."

"수고하는군, 사이죠."

말을 걸자 키요시게는 제자리에서 한쪽 무릎을 꿇었다.

"이번 성혼을 경하드리옵니다."

축하의 말이 진심인지 어떤지, 보기만 해서는 모르겠다. 그래도 코요는 점잖게 고개를 끄덕이며 그 말을 받았다.

"오늘은 경비에 동원되었다고 들었는데."

"예. 무관 여러분들에 비하면 완력에 자신은 없습니다만, 폐하와 치사토님을 위해서 힘껏 역할을 완수하고 싶다고 생각합니다."

“그러냐.”

여기는 동향전으로 향하는 통로지만, 키요시게의 배치를 명한 나카츠카사는 실수 없게 치사토를 다른 건널복도로 지나가게 했을 것이다. 코요를 위해 아름답게 치장한 치사토의 모습을 과시하고 싶은 마음도 들었지만, 위험을 범하는 것은 피하는 것이 좋다고 충고받은 것이다.

그것보다 코요는 조금 신경이 쓰이던 것을 말해보았다.

“좌대신에게도 축하의 말을 받았는데, 사이죠 너는 치사토에 대해 말하지 않았더구나.”

“……네. 폐하와 하기노님으로부터 모쪼록 비밀로 하라고 명을 받았기 때문에.”

“그래도 자기 아버지에게 이야기하려고 생각하지는 않았느냐?”

“아뢰옵지만, 아버지에게 말을 하면 이 상황은 변했을지요?”

“……아니.”

“그런 말입니다.”

말이나 태도는 고분고분했지만 어딘가 도전하는 것 같은 키요시게의 시선을 코요도 기가 꺾이지 않고 받아쳤다.

“오늘 밤, 치사토를 나의 정실로 삼을 것을 대대적으로 공표했다. 앞으로 너도 치사토와 관련되는 일이 있을지도 모르지만 부디 그 일을 잊지 말고 대하도록 하여라."

"……네."

고개를 숙인 키요시게를 물끄러미 본 코요는 이윽고 떨쳐내듯 시선을 돌리고 다시 광려전으로 발걸음을 옮기기 시작했다. 더 이상 말했다가는 꼴사납게 우월감을 과시해버릴 것 같았기 때문이다. 압도적 우위에 있기에 더더욱 여유를 가지고 대응해야지.

'나도 참…….'

이미 납득한 것이라고 해도, 도망친 치사토가 키요시게를 의지했다는 사실은 아직도 둔통을 동반하여 코요의 가슴속에 맺혀 있었다. 그 당시의 치사토는 키요시게의 집에 대해서도 전혀 몰랐다고는 하지만 하필이면 왜 그 집으로 도망친 걸까.

사이죠가는 신하이긴 하지만, 코요 천황에 대해 맹목적인 충성을 맹세하지는 않는다. 아니, 오히려 직위 강등 때문에 원한이 쌓이고 쌓였을 것이다. 그 사이죠가의 장자와 관계를 갖다니, 정말 치사토의 악운은 한숨이 나올 뿐이다.

빨리 치사토를 만나고 싶어졌다.

절로 걸음이 빨라진 코요는 방 앞의 건널복도에 대기하는 나카츠카사를 발견했다. 주위를 보자 정원에도 몇 명의 위병이 경비를 하고 있었다.

"나카츠카사."

이름을 부르자 나카츠카사는 머리를 숙인다.

"수고하는군."

"별고 없습니다."

"치사토는?"

"안에서 얌전히…… 라고 말하고 싶습니다만, 방금 전까지는 무슨 일인지 수선스럽게 돌아다니신 모양입니다."

"돌아다녀?"

이런 밤에 도대체 무엇을 하고 있었던 것일까.

'정말이지 이런 때에도 귀찮게 하는 놈이야.'

―그러나 코요는 어느새 자신의 입가에 미소가 떠 있는 것을 자각했다. 방금 전까지 불온한 생각을 품고 있었는데 치사토를 생각하는 것만으로 이렇게 기분이 상승한다.

"폐하?"

"……치사토는 참으로 얻기 어려운 아내인지도 모르겠군."

휘둘리는 자신이 평범한 남자가 된 것 같아, 즐거워서 어쩔 수 없었다.

이 정도까지 마음을 좌우하는 존재였던가 생각하면서, 코요는 새어나올 것 같은 웃음을 누르는 것처럼 샤쿠를 입가에 댔다.

"좀 더 떨어진 곳에 있도록 하여라."

"그럼 엄중한 경호가 되지 않습니다."

"치사토의 목소리를 들려주고 싶지 않다."

무슨 목소리라고 말하지 않아도 즉시 짐작이 되었는지 나카츠카사가 듣자마자 미간에 주름을 잡았다.

"……오늘 밤은 점잖게 주무실 줄 알았습니다만."

"무리야. 치사토를 귀여워하고 싶어서 어쩔 수 없는 것을."

그렇게 말하고 코요는 꼭 닫혀 있던 미닫이에 손을 댔다. 이렇게 말해두면 이 뒤는 나카츠카사가 빈틈없는 배치를 할 것이다.

"치사토."

말을 걸면서 팔을 뒤로 돌려 미닫이를 닫고, 코요는 방 안에 있을 치사토의 모습을 찾았다. 들어가자마자 보이는 공간에는 모습이 보이지 않는다. 먼저 물러나게 한 뒤로 조금 시간이 지났으니 어쩌면 이미 잠들어 있는지도 모른다.

코요는 곧바로 침소로 향했다. 하지만 침장 안에도 찾는 모습은 없었다.

"……"

설마 하는 생각이 코요의 가슴을 스친다. 이렇게 엄중한 경호 속에 치사토가 빠져나간 것일까.

"아."

"……!"

그때 갑자기 어리둥절한 목소리가 나, 코요는 깜짝 놀라 돌아보았다. 병풍으로 나눈 옆 칸에서 치사토가 얼굴을 내밀고 있었다.

"치사토."

거기는 급한 결재나 명령이 필요할 때의 간이 집무실이다. 사실 내에 만들게 한 것이므로 중요한 서류 같은 건 놓아두지 않았다. 치사토가 신기해할 만한 것도 두지 않았을 텐데라고 생각하면서, 코요는 그 얼굴을 가만히 바라보았다.

'뭔가…….'

치사토 스스로 자신에게 주어진 방이 아닌 코요의 방에 가고 싶다고 부탁했다. 그것을 들었을 때는 그저 기쁨밖에 솟아오르지 않았지만, 잘 생각해 보면 치사토가 아무 이유 없이 여기에 오는 것은 생각할 수 없다.

"치사토."

"뭐, 뭐야?"

태연한 척하고는 있지만 잘 보면 긴장한 듯 입술을 앙다물고 있었다. 역시 무언가를 숨기고 있는 것 같다.

"뭘 하고 있었느냐?"

자신의 마음을 가지고 노는 행동을 하는 치사토를 답답하게 생각하지만, 지금 마음을 고쳐먹고 모두 털어놓으면 용서해 주려고 했다. 오늘은 경사스러운 밤이니 그 정도의 아량은 남아 있었다.

"아무것도 안 했어."

하지만 치사토는 즉시 부정했다. 결단코 아무것도 말하지 않겠노라고 각오를 한 그 모습에 코요는 눈을 가늘게 뜨고 들고 있던 샤쿠를 몇 번이나 자신의 손에 부딪쳤다.

"솔직해지면 좋을 것을."

"……."

"함께 보낸 시간은 짧지만, 나는 너의 모든 것을 알고 있다. 사랑하는 사람의 귀여운 거짓말이라면 웃고 넘길 수 있지만 꺼림칙한 비밀이라면 어떤 수를 써서라도 자백시킬 게야."

"아, 아키마사."

"치사토, 무엇을 하고 있었느냐?"

겁에 질린 눈빛이 코요를 본다. 평소의 태도를 보고 자신에게는 무른, 다루기 쉬운 남자라고 생각했을지도 모른다. 그것은 반드시 잘못 본 것은 아니지만, 치사토에 관련된 것이라면 절대로 물러설 수 없다—그런 강한 마음을 가진 남자라는 인식은 없었던 것일까.

"다 , 당신한테는 관계없다고!"

"치사토."

"오, 오지 마!"

코요가 한 걸음 다가서자 마치 반발하듯이 치사토는 뒤로 물러난다. 그 작은 움직임조차도 짜증나, 입안에서 혀를 차는 것과 동시에 손을 뻗었다.

"우왁?"

가는 손목을 잡아 손을 끌어당기자 가녀린 몸은 쉽게 품안에 들어와 버린다.

이렇게 힘이 약한 주제에 왜 반항하는 것인가. 그토록 이 팔에 안기는 게 싫은 거냐 하고 코요는 턱을 잡고는 억지로 위를 향하게 했다.

치사토는 울고 있지 않았다. 그러나 다음에 무엇을 당할 것인가 하는 두려움은 지우지 못하고 큰 눈을 더 크게 뜨고 이쪽을 보고 있다.

"네가 오늘 밤, 피로연에 나와주었던 것이 정말 기뻤다."

"아, 아키……."

"내 방에 오고 싶다고 먼저 말한 것도 너의 마음이 나를 향하기 시작한 증거라고, 어리석게도 기뻐서 어쩔 줄 몰랐지……. 네가 그렇게 만만한 인간이 아니라는 걸 알고 있었으면서도."

기쁨이 앞장섰기 때문에 아무리 해도 자신의 것이 되지 않는다는 초조감에 사로잡혔다.

"어떻게 해줄까."

"잠, 기, 기다려, 나, 나는!"

"그냥 안기만 해서는 그저 너를 기쁘게 만들 뿐이니 말이다."

"……윽!"

"아무리 싫어해도 너의 몸은 이미 나의 것이다. 너의 어디를 만지면 달콤한 목소리를 내는지, 달콤한 꿀을 떨어뜨리는지, 나는 모두 알고 있다."

치사토가 아무리 코요를 싫어해도, 이미 무너진 그 몸은 본인의 의사는 제치고 그가 원하는 대로 반응한다. 그것을 인정하지 않는 것은 이제 치사토뿐이다.

코요는 입가를 미소 짓는 모양으로 만든 채 치사토에게 입맞춤을 했다. 저항할 생각인지 굳게 다문 입술은 열려고 하지 않지만, 아랑곳하지 않고 그것을 혀로 핥아 올린다. 지금 이렇게 저항해도 머지않아 치사토는 이 손의 애무에 함락될 것이다. 억울한 듯이 일그러진 얼굴이 곧 열락으로 변화하는 것도 기대되어, 코요는 허리를 지지하고 있던 손을 내려 주저 없이 하카마의 끈을 풀었다.

"자, 잠깐?"

갑작스러운 코요의 행동에 치사토는 비난의 목소리를 높이고 있지만 이 방에 스스로의 의지로 방문한 단계에 무엇을 당할지 각오를 하지 않은 것이 더 이상하다.

품 안에서 반항하는 치사토를 그 자리에 쓰러뜨리고 한쪽 무릎을 느슨해진 하카마 위에 놓았다. 그리 힘을 주고 있지 않았기 때문에 통증은 없겠지만, 치사토는 지금 당장이라도 그걸로 배를 압박할까 두려워하는 건지, 물리적 저항을 그만두었다.

동시에 커다란 까만 눈동자가 엷게 눈물로 젖어든다. 가엾다고 생각하는 이상으로 피어오르는 색향에 분신이 두근두근 맥박 쳤다.

이것은 치사토가 먼저 도발한 것이다. 상냥하게 하겠다는 물러터진 말을 하는 것은 어리석을 짓이리라.

"모처럼의 경사스러운 밤이니 그 어느 때보다 너를 애지중지 아끼며 안으려 했지만…… 그만두겠다."

"아키, 마사."

"앞으로 네가 나에게 거역할 생각이 사라질 정도로 그 몸에 단단히 가르쳐 주마."

그 말에 무릎 아래의 몸이 떨리는 것을 알 수 있다. 무엇을 당할지 상상하기만 해도 두려워하고 있겠지만, 사랑스러운 치사토를 다치게 할 리가 없다. 지금까지도 치사토의 미성숙한 신체를 구석구석까지 농락해 왔지만 오늘은 이제 하늘로 돌아 싶지 않아, 평생 코요 곁에서 살고 싶다고 말하게 만들기 위해 철저하게 자신이라는 것을 이 하얀 몸에 새겨야지.

그러려면 그저 잘 대해주기만 해서는 안 된다. 기가 센 치사토는 자신이 사랑받고 있다는 사실에 무의식적으로 어리광을 부리며 앞으로도 거역할 것이다. 말대꾸도 하지 않고 그저 인형처럼 의사도 없이 따르게 하고 싶지는 않지만, 누가 자신의 주인인지를 깨닫게 하는 것은 중요하다.

아무리 손톱을 세워도 좋다.

소리 질러도 좋다.

단, 절대로 코요에게는 거역할 수 없다고 이 몸에 뼈저리게 깨닫게 하겠다.

코요는 위에서 치사토의 얼굴을 내려다보며 한 장 한 장 옷을 벗겨갔다. 이번 피로연을 위해 이만큼 겹쳐 입어도 치사토는 가냘퍼 보이지만 마지막 하얀 히토에기누가 나타나자 요염함이 방울져 떨어질 것처럼 배어 나온다.

"스톱!"

그러자 갑자기 치사토가 큰 소리로 무슨 말을 하더니만 한 손으로 가슴을 밀쳤다.

"그게 저항이라고 하는 건가?"

거의 힘이 들어가지 않은 그것은 단순히 손을 대고 있다고밖에 생각되지 않는다.

"너, 너무 갑작스럽잖아!"

"기다리면 네가 먼저 다리를 벌리겠다는 말이냐?"

"그럴 리가 없잖아!"

"……그렇다면 내가 손을 빌려줘야겠군?"

치사토의 말을 걸고넘어지고, 코요는 그대로 홑옷 속에 손을 집어넣었다. 즉시 손가락에 작은 유두가 닿았기 때문에 반죽처럼 눌러 으깬다.

"……응!"

새어나올 것만 같은 목소리는 아무래도 어금니를 악물고 집어삼킨 것 같다. 여기에서 듣는 사람은 자신뿐인데…… 아니.

"토모유키."

그 이름을 부른 순간, 치사토는 놀란 것처럼 고개를 들었다. 왜 나카츠카사의 이름을 부르는지 혼란스러워하는 것 같다.

"나 혼자서는 너를 미처 제어할 수 없을 것 같으니 말이다."

"아키, 마사?"

"그리고, 손이 두 개 더 있으면, 아무리 너라도 얌전해질 것 아니냐?"

거기까지 말하고, 치사토는 겨우 그 의미를 안 것 같다. 눈물로 촉촉하게 젖은 눈을 크게 뜨고 믿을 수 없다는 듯이 머리를 좌우로 젓기 시작했다.

"기, 기다려, 설마, 너……?"

"나도 사랑하는 너의 몸을 다른 남자에게 보여주고 싶을 리가 없다. 허나, 치사토, 넌 아무리 잠자리에서 나를 받아들인다고 말해도 다음 날에는 금방 잊어버리고 무정한 태도를 취하지. 그렇다면, 여기에 너의 말을 귀에 담아줄 사람이 한 명 더 있는 것이 좋지 않겠느냐."

나카츠카사는 그야말로 철이 들었을 때부터 곁에 있던 신뢰할 수 있는 소꿉친구이다. 게 다가 아무리 치사토가 요염하게 흐트러져도 절대로 손을 대지 않으리라고 믿을 수 있을 정도의 강한 충성심을 자신에게 주고 있다.

"토모유키."

"아키마사!"

다시 이름을 부르고, 힘을 쥐어짜내어 일어서려고 하는 치사토의 몸을 뒤에서 한 손으로 끌어안았을 때, 미닫이 너머로 그제야 목소리가 들렸다.

"부르셨습니까?"

계속 거기 있던 주제에 새삼스러운 대답이다.

"들어오거라."

"하오나."

"상관없다."

지금이 어떤 상황인지, 나카츠카사가 모를 리가 없다. 명령에 충실한 남자가 좀처럼 들어오지 않는 것은, 아마 치사토의 심경을 배려하기 때문일 것이다. 하지만 그것이야말로 코요가 보기에는 쓸데없는 걱정이었다. 치사토에게 특별한 감정을 품고 있지 않다면, 안을 생각이 없다면, 그야말로 아무것도 생각하지 않고 안으로 들어오면 될 터인데.

얼마 안 되는 시간 동안 나카츠카사가 별별 생각을 다 했음에 틀림없다. 그래도 코요의 기질을 가장 잘 알고 있을 이 남자는 그 신뢰를 배반하지 않는 최선의 행동을 취했다.

"실례하겠습니다."

양해를 구한 후 미닫이가 열려 나카츠카사가 안에 들어오는 기척이 났다. 그러나 안쪽까지 들어오는 모습은 전혀 없다.

"이리 오거라."

지금 두 사람은 침장이 아닌 키쵸로 나누어진 그 안쪽, 병풍 너머에 있다. 지금 나카츠카사의 위치에서는 옷자락조차도 보이지 않는 것이다.

"……괜찮으시겠습니까."

"상관없다."

평소의 코요라면 잠자리에 있는 치사토의 모습을 누구에게도 보여주고 싶어 하지 않는다. 그러나 이번에는 보증인으로서 나카츠카사의 눈이 꼭 필요했다.

"……."

이쯤 되면 망설이는 건 한순간이었을까, 나카츠카사 다시 한 번 양해를 구하고 나서 키쵸를 올리고 병풍 안쪽으로 들어온다. 히토에기누 차림의 치사토를 구속하고 있는 코요의 모습은 곧바로 눈에 들어왔을 텐데 표정을 바꾸지 않고 그 자리에 무릎을 꿇었다.

"지금부터 치사토를 안겠다."

"그 자리에 저 따위가 있어도 되겠습니까?"

"네가 지켜봐 주었으면 한다. 치사토가 누구 것인지 본인은 모르는 모양이니 말이다."

가벼운 어조로 말했지만 나카츠카사는 미간에 주름을 잡고 시선을 맞받아친다.

"그런 눈으로 보시고…… 저는 나중에 눈을 뽑으라는 명을 들어도 그렇게는 못합니다."

치사토의 교태가 아로새겨진 눈을 없애라고 명할 것이

라는 생각이라도 한 걸까. 걱정도 팔자라고 웃음이 흘러나오는 한편으로 그렇게 하면 걱정은 덜 텐데라고도 생각했다.

아무리 신용하고 있다고는 해도, 나카츠카사도 어엿한 남자다. 흐트러진 치사토를 직접 보면 무의식중에 발칙한 생각을 품게 될지도 모른다. 앞으로 좋지 않은 일이 있을지도 모른다고 걱정할 바에야 나카츠카사의 눈을 짓이겨 버리면—

'이렇게 자기 생각밖에 안 하다니 말이다.'

코요는 사랑에 빠진 바보 같은 남자라고 스스로 생각하면서도 폭주하는 마음을 멈출 수 없었다.

*　　　*　　　*

'이, 이 상황, 대체 어떻게 된 거야!'

눈앞에 나카츠카사가 나타났지만 치사토는 지금의 상황을 받아들일 수 없었다.

보통 때라면 코요와 단둘이 되는 것보다는 제삼자가 있어주는 것이 마음이 편하다. 남의 눈길이 있으면 그렇게 쉽게 손을 댈 일도 없을 거라고 생각했다.

그러나 지금은 왜 여기 들어온 거냐고 나카츠카사를 비

난하고 싶었다. 아무리 코요가 불러도 이 상황을 보면 나가는 것이 예의가 아닐까.

"보, 보지 마!"

치사토는 필사적으로 다리를 오므리려고 했지만, 이미 하체에서 끈이 풀린 하카마는 흘러 내렸고, 가슴의 앞섶은 흐트러져 있다. 아직 간신히 어깨에 옷은 걸려 있지만 오히려 수치심은 고조되는 꼴이다.

"아, 아키마사!"

치사토 어떻게든 목을 돌려서 등 뒤에 있는 코요의 이름을 부른다. 어쨌든 나카츠카사를 여기에서 쫓아내 주기를 바랐다.

"두, 둘이서 이야기하자? 나, 나도, 다 말할게!"

물론 무엇을 하고 있었는지 사실대로 말할 수는 없지만, 그래도 머리를 풀 회전시켜서 어떻게든 현재 상황을 바꾸려고 필사적으로 호소했다. 하지만 코요는 그런 치사토를 내려다보고 웃었다. 웃고 있는데도 반사적으로 무섭다고 생각해 버린 것은 눈이 전혀 웃지 않았기 때문이다.

"처음에 솔직히 그렇게 말하면 됐을 것을."

"아, 아키마사? ……우왁!"

한순간 치사토의 호소를 들어준 것일까 생각했지만, 다음 순간에는 구속했던 손과 또 다른 손으로 옷깃을 활짝 풀어헤쳤다. 팔꿈치 근처까지 흘러내린 옷에 의식을 빼앗기고 있던 사이에, 이번에는 코요가 한쪽 무릎을 가랑이 사이에 넣어 다리를 오므리지 못하게 했다.

"뭐……?!"

지금 자신이 어떤 상태인지 쉽게 뇌가 받아들이지 못했다.

"정말이지…… 왜 너는 내 뜻에 부응하지 않는 짓만 하느냐?"

"이, 이거, 놔!"

그래도 필사적으로 피하려고 몸부림쳤다.

"내 사랑이 부족한 게냐?"

"아키마사!"

왜 이렇게 난폭하게 구는 걸까. 억지로 당하는 건 절대 싫었다.

"치사토."

"손 치우라니까! 나는 더 이상 이런 거 하고 싶지 않은데!"

이제 와서 남자끼리 어쩌고저쩌고 하는 이상한 변명은 할 수 없다. 물론 보통과는 크게 동떨어져 있지만, 실제로 자신의 몸은 코요를 받아들일 수 있는 것이다.

그러나 역시 아무래도 다른 세계에 사는 상대와 몸이 녹아서 뒤섞이는 것만 같은 쾌감을 공유하고 싶지는 않다. 코요 자신을 사랑하느냐 미워하느냐가 문제가 아니라, 언젠가 반드시 멀어져야 할 상대를 좋아한다니—

"!"

'나…… 나는…….'

지금 자신이 무엇을 생각하고 있었던 걸까. 이런 엉뚱한 짓을 강요하는 코요와 멀어지는 것을 조금이라도 외롭다고 느끼다니 어떻게 되었는가 보다.

치사토가 자신의 감정에 동요하고 있는 동안에도 코요는 손을 멈추지 않았다. 어느새 치사토는 간신히 팔에 기모노가 매달려 있는 선정적인 자태가 되었다.

이쯤 되면 자신의 복잡한 생각을 돌아볼 마음의 여유도 없다. 지금은 머리 위쪽에 나카츠카사가 있고, 직접 하체는 보이지 않을 테지만 조금이라도 자세가 바뀌어 버리면 숨길 새도 없이 모두 보여질 것이다. 치사토는 어떻게든 두 다리를 비비적대며 오므리려고 했다 .

그러나 사이로 비집고 들어온 코요의 다리 탓에 아무래도 틈새가 생겨 버린다. 초조해하는 치사토를 말없이 내려다보며 코요는 노출되어 있는 남성에 주저하지 않고 손을 뻗었다.

"!"

지독한 일을 당하고 있는데 그가 붙잡은 순간 그것이 바르르 떨며 반응한 것을 알 수 있다. 한심해서 견딜 수 없지만 이 몸은 이미 코요의 손에 익숙해져 있다.

'젠…… 장!'

오늘 안길 생각은 전혀 없었다. 피로연이 무사히 열려서 흥이 난 남자는 필경 만취하리라고 낙관하고 있었다.

하지만 여기까지 온 이상 아무것도 안 하고 코요가 물러날 거라는 생각은 안 든다. 그렇다면 어쨌든 계획한 시간까지 빨리 사정시킬 수밖에 없다.

"아, 알겠어, 알겠으니까! 어쨌든 나카츠카사 씨를 밖에 내보내 줘!"

무엇보다 남 앞에서 섹스를 하다니 마음이 견딜 수 없다. 치사토는 코요의 의사에 따르겠다고 말하고 나카츠카사의 퇴장을 재촉했다.

"……."

천정을 보고 누운 상태에서 보이는 나카츠카사의 표정에는 아무런 기색도 보이지 않는다. 치사토를 바보 취급하지도, 묘한 욕정을 보이지도 않고, 그저 인형처럼 앉아 있을 뿐이다. 그래도 치사토의 말을 듣고 그는 살짝 코요에게 시선을 돌렸다. 어떻게 하면 좋을지 지시를 원하는 것 같다.

"손을 잡거라."

"아키마사!"

"직접 닿아도 괜찮겠습니까?"

코요의 담담한 말에 비명과 같은 소리를 지른 치사토와는 정반대로, 나카츠카사는 약간 의외라는 식으로 되묻는다.

"오늘 밤 너는 도구가 되도록 하거라."

"……치사토님을 구속하는 도구…… 말씀이십니까?"

"아니지? 아니라고 말해줘!"

머리 위에서 주고받는 두 사람의 대화가 믿을 수 없어서 치사토는 어떻게든 코요의 마음을 바꾸려고 외쳤다. 그러나.

"어쩔 수 없지 않느냐, 치사토. 그토록 들떠 있던 나의 마음은 방금 전의 너의 태도로 차갑게 얼어붙었단다. 여기에 토모유키를 두는 것이 좋을 게다. 그렇지 없으면 나는 너를 지독하게 몰아붙일지도 모르니까."

"그…… 런……."

폭주하는 감정의 억제력. 그런 말을 듣고 그래도 나가라고 쉽게 입에 담을 수도 없게 되었다. 쾌감이라면 그나마 낫다. 하지만 고통을 준다면 간신히 분발하는 기분이 싱겁게 꺾여 버릴 수도 있다.

치사토는 다시 나카츠카사를 올려다본다. 마침 그도 치사토를 내려다보고 소리 없이 입을 움직인 것이 보였다.

'미안하다.'

사과해 준 것일까. 신하 신분으로 코요 천황에게는 거역할 수 없는 나카츠카사, 그래도 그렇게 한마디 해준 것이 불행 중 다행 같은 느낌이 들었다.

"누구를 보고 있느냐."

그러나 그런 치사토의 의식은 낮게 울리는 목소리와 함께 강하게 턱을 잡혀서 곧 자신을 내리까는 남자에게 돌아왔다.

"너를 안는 건 바로 나다."

"……."

"너의 눈은 나만을 보고 있으면 된다."

오만한 말과 함께 내려온 입술이 강하게 자신의 그것을 눌렀다. 입을 굳게 다물어 저항하려고 해도 턱이 세게 잡혀 있기 때문에 힘이 들어가지 않아, 치사토는 허망할 정도로 간단하게 코요의 혀를 받아들였다.

"응!"

상냥함이라고는 찾아볼 수 없는, 그저 유린하는 것 같은 격렬한 키스. 무서워서 위축된 혀를 억지로 휘감고 조금 강하게 이로 깨물었다.

'아파……!'

지금까지 몇 번이나 안겨 왔지만 코요는 대놓고 고통을 준 적은 없다. 언제나 여유가 있고, 치사토가 흐트러지는 것을 기뻐하는 구석이 있었다. 하지만 이번에는 마치 치사토를 쉽게 기분 좋게 만들지 않겠노라고 말하는 것처럼 처음부터 거칠다. 입술 끝에서 흘러넘치는 타액이 볼을 타고 내리는 것을 핥지도 않는 남자를 보고 치사토는 겨우 코요가 상당히 화가 났다는 것을 깨달았다.

지금까지도 몇 번이나 섹스를 거절한 적이 있고, 그때마다 처음에는 합의라고 말할 수 없는(결국은 받아들이게 되었지만) 섹스도 했지만 이번에는 그것과 비교도 안 될 정도로 코요에게서 분노의 기운을 느낀다.

완전히 받아주었다고 생각했던 치사토의 태도 때문에 코요가 그답지 않게 분노가 끓어오른 상태라는 것을 치사토 본인은 알 턱이 없었다.

축축한 물소리가 귀에 울리는 것과 동시에 물건이 미지근한 점막에 싸여 마찰되고 있다. 하체에 묻혀 있는 코요의 머리를 밀려고 해도 나카츠카사가 양손을 머리 위에서 붙들고 있기 때문에 그러지 못하고, 그저 터져 나오는 교성을 어금니로 필사적으로 악무는 수밖에 없었다.

"응, 아우…… 으응!"

그러나 민감한 끝 부분에서 줄기에 이르기까지 타액을 담뿍 얽은 혀로 계속 애무받는 사이에 굳게 다물었던 입술은 사르르 풀려, 꼴사나운 신음 소리를 흘리기 시작하고 있었다.

"안 돼, 아, 아키, 마사!"

멈춰달라고 호소하려고 했는데 마치 새로운 쾌감을 조르는 듯한 달콤한 비명을 지르게 된다. 좌우로 도리질을 하며 어떻게든 의식을 다른 곳으로 돌리려고 했더니 그 시야에 나카츠카사의 모습이 비쳤다.

그의 눈에 자신은 어떤 식으로 비치고 있을까. 그토록 코요에 대해서 불평불만을 하면서 막상 섹스를 하면 쉽게 받아들이는 자신이 필시 우습게 보일지도 모른다.

'하지만……!'

마음과 몸이 아무래도 상반되어 버린다.

원래 세계로 돌아가고 싶다.

섹스는 기분 좋다.

코요가 말하는 대로 하고 싶지는 않다.

익숙해진 팔에 안기면 안심된다.

"치사토."

허공을 떠돌던 치사토의 시선은 자신을 부르는 목소리에

똑바로 자신을 응시하는 코요의 시선과 부딪쳤다. 방금까지 차가운 빛 밖에 깃들지 않았던 거기에서는 자신을 향한 확실한 욕정이 엿보였다.

묘하게 안도했다. 분노를 부딪치기만 하는 것이 아니라 마음도 분명히 거기에 있다고 생각하자 저절로 몸의 힘이 빠진다.

"왜 그러냐? 이제 저항하지 않는 거냐?"

시험하듯이 질문을 던지는 코요에게 치사토는 고개를 끄덕였다. 몸속 깊이 서로를 느끼는 섹스를 으르렁대는 수단으로 만들고 싶지 않다.

"고분고분해진 것은 좋지만…… 토모유키는 물리지 않을 게다."

얇은 입술이 젖어 있는 것은 분명 자신의 것을 물었던 탓이다. 그 입술 안쪽에…… 그렇게 생각하면 젖을 리가 없는 엉덩이 안쪽이 촉촉해진 느낌이 든다.

"아, 키마, 사."

"모르겠느냐, 치사토. 토모유키의 이름을 낼 때마다 너의 사랑스러운 양물은 떨면서 솟아오르고 있다. 여기도 만져달라고 할까?"

입술로 한껏 애무받은 분신은 남자의 타액에 젖어 빛나고 있다. 뿐만 아니라, 끝에서 말간 이슬도 하염없이 흘러나왔다.

"싫어!"

곧바로 거절했다. 내 몸을, 게다가 비밀스러운 곳을 코요 이외의 사람이 만지다니 절대로 싫다.

즉시 대답한 것에 기분이 좋아졌는지 코요는 눈을 가늘게 떴다. 익숙한 표정을 보고 치사토가 안도할 틈도 없이 그것을 잡고 있던 손이 아래로 이동했다.

자극을 받으면 거기는 아무래도 반응한다. 코요의 큰 손이 감싸고 손가락으로 희롱할 때마다 허리가 부들부들 떨고 사정감이 복받쳐 올랐다. 하지만 그때마다 뿌리를 강하게 쥐어서 가로막힌 절정감은 다시 문지를 때마다 재차 타오른다.

몇 번이나 같은 일을 반복하는 가운데 치사토는 무의식적으로 자신도 허리를 흔들기 시작했다. 빨리, 이대로 절정을 향하고 싶어서, 신음을 참으며 호소한다.

"이, 이제, 어, 어서!"

어느새 크게 벌어진 두 다리 사이에 자리 잡은 코요는 웃으면서 한 손으로 기둥 아래에 있는 두 개의 구슬도 주무르기 시작한다. 몇 번이나 직전에 막힌 사정 때문에 거기는 팽팽하게 부풀어 있어, 코요는 그 감촉이 재미있는지 목을 울리며 즐겁게 웃었다.

"참으로 싱겁구나, 치사토. 더 즐기기 위해 참거라."

"안 돼, 응!"

점차 커져 가는 물소리는 자신이 흘리는 이슬이 많은 탓인지도 모른다. 틀림없이 바닥에 웅덩이를 만들었을 것이다. 그런 것을 생각하면 반대로 체온이 높아지고 치사토의 목소리는 더 커지고 말았다.

"으흑, 히야악!"

"응? 건드리지도 않았는데 가슴의 열매가 붉게 익었구나."

"아윽!"

풀어헤친 가슴에 숨이 닿았는가 했더니만 다음 순간 코요가 유두에 이빨을 세웠다. 그러자,

"……!!"

높은 소리를 지르며 치사토는 코요의 손에 사정했다. 콸콸, 놀라울 정도로 힘차게 용솟음치는 그것에 멍하니 숨을 쉬고 있노라니, 그대로 몸을 반전시켜 엎드리는 자세가 되었다. 동시에 모든 옷도 벗겨져서 치사토는 벌거벗은 채로 코요에게 엉덩이를 돌리는 자세가 된다.

"시, 싫어!"

맹렬한 수치가 엄습했다. 얼굴을 올리지 못하고 고개를 숙이자 하얀 정액을 두르고 쪼그라든 자신의 것이 시야에

들어와서 이번에는 눈을 굳게 감은 채 고개를 저었다.

이런 꼴사나운 모습을 남에게 보이는 것이다. 어떻게든 도망치고 싶은데 사정한 지 얼마 안 된 몸에는 힘이 들어가지 않아 허망하게 코요의 지배하에 놓였다.

"오늘 밤은 이대로 너를 맛보겠다."

섹시한 목소리가 귀에 울린다.

코요는 끝까지 갈 작정이다. 아무리 해도 도망칠 수 없다면, 이라며 치사토는 필사적으로 호소한다.

"자, 잠깐만!"

뒤에서 하다니 너무나도 일방적이다. 그렇다면 적어도 정면에서 서로 껴안는 자세가 안심되었다. 뒤에서 하면 얼굴도 보이지 않는데다 탐욕스럽게 맛볼 수밖에 없게 되어 괜히 더 흐트러진다. 한심하게 쾌락을 탐닉하는 자신을 어떻게 받아들이겠는가.

"이, 이거! 이거, 싫어!"

"네가 흘린 꿀에 이미 여기도 촉촉해졌구나."

엉덩이를 좌우로 갈라 그 안쪽을 보고 있다. 자신이 어떻게 되어 있는지 보이지 않는 만큼 코요의 말이 더욱 수치를 부채질하고, 치사토는 단지 거기를 숨기고 싶어서 좌우로 허리를 움직일 수밖에 없었다.

"더 졸라보거라."

"아, 아키, 마사!"

"네 여기에 들어갈 수 있는 것은 나뿐이다."

젖은 거기에 뜨거운 것이 닿아 물소리를 냈다. 그다음 순간,

"히익……!"

뜨겁고 큰 열덩어리가 푹푹 소리가 날 정도로 크게 길을 헤집으면서 침입해 왔다. 속을 풀지 않았기 때문에 통증은 컸고, 치사토는 매달리듯이 손에 닿은 것을 쥐었다.

'뭐…… 지?'

그것이 반대로 자신의 손을 마주잡았을 때 치사토는 고개를 들고 눈물로 흐려진 희미한 눈을 가까스로 떴다.

거기에는 나카츠카사가 있었다. 코요에게 농락당하는 사이에 어느덧 그 존재를 의식하지 않게 되었지만 지금 다독이듯이 자신의 손을 잡아주는 사람은 나카츠카사다.

그 표정에는 약간의 연민이 떠오른 것 같다. 아무리 코요에게 충실한 이 남자라도 치사토의 이 상태를 가엾게 여겨 주었는지도 모른다.

하지만 이 자세는 두 언덕 사이의 봉오리에 코요의 것이 박힌 모습이 고스란히 보이리라. 급격히 수치심이 고조된 치사토의 몸에 힘이 들어갔다.

"치사토, 힘을 빼거라."

가볍게 엉덩이를 때려가며 말해도, 대뜸 그러마고 쉽사리 힘을 빼지는 못한다.

"아직 끝도 들어가지 않았다."

"……흑, 거, 짓말."

'이렇게 힘든데?'

대체 얼마나 큰 거야 하고 불평을 하고 싶어도 입에서 나오는 것이라고는 거친 숨뿐이다.

그런 치사토의 상황을 어떻게 생각했는지, 코요는 엉덩이를 잡고 있던 손을 치사토의 것으로 뻗어 그것을 위아래로 훑기 시작했다.

"응, 히익, 앗, 잠깐, 안 돼!"

사정과 고통으로 쪼그라든 그것은 쉽게 힘을 되찾을 뿐만 아니라 자극에 의해서 긴장되었던 내벽이 부드러워져 서서히 코요를 받아들이기 시작했다.

젖지 않은 안은 괜히 더 리얼하게 그 모양을 느끼고, 그것이 또 다시 욕정을 고조하고 저절로 주름이 선동하여 살 속에 묻힌 기둥을 탐닉한다. 등 뒤에서 코요의 숨이 멎는 기색이 나서 치사토는 기분이 한층 고조되었다.

'나랑…… 똑같아.'

치사토가 코요의 것으로 기분이 좋아지듯이, 코요도 치사토의 안에서 쾌감을 맛보고 있다. 그것이 하염없이 기쁘다.

"……크, 치사토!"

엉덩이에 천의 감촉이 느껴져 뿌리까지 전부 들어간 것을 알았다. 코요가 옷을 흐트러뜨리지 않았다고 재차 느낀 지 얼마 안 되어, 이번에는 속살을 밖으로 끌고나가듯이 물건 뽑히는 오싹오싹한 감각에 등이 긴장한다.

몇 번이고 몇 번이고, 삽입을 반복하는 코요.

코요는 허리를 꽉 잡고 크게 몸을 흔들었다.

치사토는 그때마다 소리를 지르며 몸 안의 물건을 조였다. 바로 조금 전까지 성이 났던 남자가 자신의 신체에 빠지고, 받아들이려 하지 않던 자신이 탐욕스럽게 그 쾌감을 맛본다.

이 황홀한 기분을 더욱더 느끼고 싶다고 생각하고 있는 자신은 도대체 무엇을 바라고 있는지 알 수 없게 될 것 같다.

"아, 아키마사아!"

"치사토!"

한층 더 깊은 곳을 찔린 직후 몸 안쪽에 뜨겁게 용솟음치는 것을 느꼈다. 겨우 끝났다기보다는 벌써 끝나 버리는 걸까 하는 생각이 든 치사토는 사정 후에도 여전히 시들지 않은 그것을 조이듯 하지에 힘을 넣는다.

그때 자신의 것에서도 정액이 뿜어나온 것을 알 수 있

었다.

"치사토."

그렇게 상냥하게 이름을 부르지 말아주었으면 한다. 이런 식으로 부르니까 치사토는 착각하고 만다.

자신도 코요에게 마음을 주고 있다고.

"아키, 마사……."

키스를 원한다.

그렇게 생각한 마음을 마치 읽은 것처럼 등에 닿은 뜨거운 감촉에 치사토는 깊은 숨을 토했다.

*　　　*　　　*

이대로라면 몇 번이나 원하게 된다.

코요는 그만큼 치사토에 빠져 있는 자신을 자조하며 천천히 양물을 빼냈다. 봉오리에서 나온 분신의 끄트머리에서 배어 나오던 하얀 용정(龍精)이 은사가 되어, 다른 두 개의 몸을 잇고 있다.

자신의 것을 물고 있었는데도 조금도 헐거워지지 않고 재빨리 오므라든 거기에서 잠시 후 하얀 것이 배어 나왔다.

네 발로 기듯이 엎드렸던 몸에서 힘이 빠져 코요가 살짝 아래로 내리자 그대로 축 바닥에 흩어진 홑옷 위에 사지를 뻗는다. 치사토가 다리를 움직이면 허벅지를 타고 정이 흐르는 것이 보였다.

음란한 광경을 보고 코요의 안에 진정되지 않는 열이 다시 출렁였지만 오늘은 더 이상 치사토를 괴롭힐 생각은 없었다. 치사토 자신이 이번 잔치를 계기로 자신에 대한 마음이 더해져 함께 살아가기로 맹세하고 서로 사랑했다면 좋았겠지만, 방금 전의 교합은 코요의 일방적인 마음을 부딪친 것에 불과하다.

지금까지 변하지 않던, 도망치는 치사토를 억지로 범하는 형태를 오늘부터 바꾸려고 생각했던 코요에게는 쾌락은 있었지만 씁쓸한 행위였다.

한 번 숨을 토한 코요는 재차 자신을 내려다보았다. 언뜻 보아서는 모를 정도로 작게 흐트러진 옷매무새였지만, 반대로 치사토는 마치 격렬하게 능욕당한 것처럼 하얀 나신을 드러내고 아랫도리는 정으로 더러워져 있었다.

"토모유키."

코요가 무슨 생각을 했는지 알아들은 나카츠카사는 다른 방에 갔다가 재빨리 돌아왔다. 그 손에는 깨끗한 헝겊이 들려 있었다. 가능하면 적셔서 몸을 깨끗하게 해주고 싶지만 지금 마츠카제를 부르면 잔소리를 들을 것은 불가피하고, 더 이상 치사토를 남의 눈에 노출시키고 싶지는 않았다. 코요는 마른 천으로 간단히 더러워진 곳을 닦고 옆에 있던 우치기를 한 장 집어 사랑스러운 사람을 감싸주었다.

"과하셨습니다."

"……."

"이래서야 폐하를 더 꺼리게 될 겁니다."

"알고 있다."

"……."

나카츠카사가 말하려는 것은 잘 알고 스스로도 뼈저리게 느끼고 있다. 그래도 아무래도 억누를 수 없는 감정이라는 것은 있었다.

'언제쯤에야 내 것이 될꼬…….'

몸은 벌써 코요의 것이라고 자부하지만 치사토의 마음은 너무나 강경하다. 어떻게 하면 그것이 녹고 완전히 자신의 것이 될까. 어떤 정치에도 정면으로 맞서서 물러서지 않던 코요 천황도, 인생에서 처음으로 갈구한 사람을 손에 넣는 게 이렇게 어려울 줄은 처음 알았다.

"이대로는 감기 걸립니다."

코요는 고개를 끄덕이고 치사토의 신체를 안아 올려 그대로 침장으로 옮겼다. 삼면이 천으로 둘러싸여 있기 때문에 다소 따뜻할 것이다. 그리고 준비되어 있던 자신의 홑옷을 가져와 몸에 덮어주었다.

"……뭐냐."

궁녀를 부르지 않고 스스로 치사토를 보살펴 주는 모습을 말없이 지켜보는 나카츠카사를 되돌아보고, 코요는 부아가 치미는 것을 억누르고 물었다. 그러자 그때까지 거의 표정을 바꾸지 않았던 나카츠카사가 문득 입가에 미소를 띠었다.

"아뇨, 폐하의 이러한 모습은 처음 본 것 같아서요."

"웃겠느냐?"

"사랑스러운 분이 생기면 이렇게 바지런히 움직이시는군요. 지금까지의 여인에게는 보이지 않는 폐하의 모습이라."

"……시끄럽다."

나카츠카사가 어떻게 생각하고 이런 말을 하는지 코요도 알고 있다. 지금까지 코요는 특정한 사람에게 필요 이상의 정을 준 적이 없었다. 그것은 감정이 희박하기 때문이 아니라 불온한 분위기를 초래하지 않기 위해 모든 사람들에게 평등한 태도를 취했기 때문이다. 이전 정실에게는 나름대로 정을 주었지만, 그래도 지금의 치사토에 대한 그것과 비교하면 천양지차라고 스스로도 생각한다.

코요는 치사토의 얼굴을 내려다보았다. 기절하듯이 잠

이 든 치사토는 눈을 감은 채 마치 숨을 쉬지 않는 것 같다. 경미하게 움직이는 가슴을 보고 안도한 코요는 그렇게까지 지치게 했다는 것을 씁쓸하게 여겼지만, 그래도 그렇게 안은 것을 후회하지는 않았다.

"어떻게 하시겠습니까?"

처리가 일단락된 것을 알아본 것 같다.

나카츠카사는 방금 전까지의 농담 같은 기색을 지우고 충신으로 돌아가 다시 물어보았다.

코요는 말할 것도 없이 이후의 일을 생각하고 있었다.

치사토를 남겨두고 다시 그 떠들썩한 잔치 자리에 돌아가면 다른 사람들이 쓸데없이 꼬치꼬치 캐물을지도 모른다. 그러나 그렇다고 이대로 치사토의 얼굴을 계속 보기에는 가슴이 아팠다.

"어떻게 할까."

"……."

"토모유키, 같이 있어주겠느냐."

"제가, 말입니까?"

"자리를 마련하지. 너도 조금 휴식을 취해도 무방하지 않겠느냐?"

"하오나 치사토님은 어떻게 하시겠습니까? 다른 사람을 붙여도 되겠습니까? 아니면 마츠카제님을 부를까요?"

안긴 후의 치사토를 다른 사람에게 맡길 것인가, 여자를 옆에 두겠는가 하는 선택을 은근히 강요한다. 설마 그런 것을 허락할 리가 없다. 이번에는 아무래도 사그라지지 않는 짜증 때문에 나카츠카사의 존재를 그만 이용했지만, 본래 소꿉친구인 이 남자에게도 치사토의 색기 어린 모습을 보여주고 싶지 않았을 정도다. 그것은 마츠카제도 예외는 아니다.

"밖에 대기시키겠다."

"……그렇군요. 오늘 밤은 여기도 엄중하게 경비하고 있습니다. 무슨 일이 일어날 걱정은 거의 없다고 생각됩니다만."

"치사토가 깨어났을 때는 내가 곁에 있어주고 싶다. 옆 칸에 있으면 즉시 달려갈 수도 있겠지."

"알겠습니다. 그럼 곧바로 준비하게 할 테니 잠시 기다려 주십시오."

고개를 숙인 나카츠카사는 곧장 밖으로 향했다. 술 준비를 시키는 것과 동시에 이곳의 경비도 늘리라는 명을 내리기 위해서다. 저 남자에게 맡겨두면 그 부분에 대한 걱정은 없다. 코요는 다시 시선을 치사토에게 돌렸다.

달밤이라 그런지 진주빛 피부가 창백하게 보이기까지 한다. 눈물 젖은 뺨을 손가락으로 닦으면서 자신의 폭거를 돌아보고 코요는 주먹을 꽉 움켜쥐었다.

정말 그렇게 안을 수밖에 없었던 것일까. 둘만의 공간에서 그런 생각을 하고 말지만, 아마 다른 방법이 있더라도 자신은 똑같은 일을 할 것이라고 생각한다. 그 정도로 가슴 속의 격정을 주체할 수 없었던 것이다.

"……어떻게 하면 좋을까."

치사토의 마음을 최대한 헤아려 주고 싶지만 자신을 거절하는 것만은 아무래도 용서할 수 없다. 모처럼의 피로연 날 밤이지만 행복한 꿈을 둘이서 보는 바람은 이룰 수 없는 모양이다.

"폐하."

그리 기다리지 않아 나카츠카사가 다시 왔다.

"오래 기다리셨습니다."

"어찌하였느냐."

"여기를 거점으로 빙 둘러 배치했습니다. 무슨 일이 있으면 즉시 알리러 올 겁니다."

"알았다."

"마츠카제님께서 술자리 준비를 해주셨습니다."

"……."

"오늘 밤 일은 이야기하지 않았습니다. 하오나 틀림없이 치사토님 본인의 입으로 마츠카제님에게 마음속을 털어놓지 않을지요."

"……그렇겠지."

자기보다 마츠카제를 훨씬 의지하고 신용하는 치사토이니 말이다. 오늘 밤 무슨 일을 당했는지 자신이 어떤 마음을 품었는지, 마츠카제에게 똑바로 호소할 것이다. 하지만 가슴속에 품고서 우울하게 꽁하는 것보다 숨김없이 발산하는 게 이해하기 쉽다.

게다가 치사토도 과거를 비난하기만 하는 성격은 아니기 때문에 내일 제대로 마주 보고 이 가슴속의 마음을 전하면 이해해 줄 것이다.

코요는 치사토에게 덮어준 옷을 한 번 더 고쳐 덮어준 다음 일어서서 나카츠카사의 뒤를 따라 건널복도로 나왔다. 거기에는 마츠카제가 기다리고 있었다.

"치사토는 잠시 조용히 쉬게 하겠다."

"네. 저희는 이 옆 칸에 대기하고 있겠습니다."

술자리는 치사토가 쉬고 있는 장소와 지척이다. 무슨 일이 있어도 곧 눈이 닿는 위치라 코요는 내심 안도하면서도 얼굴에는 그 걱정을 표출하지 않으며 상 앞에 앉는다.

밤하늘에는 아름다운 달이 나와 있었다. 오늘 밤은 보름달, 아름다운 밤이다.

"……생각나는구나."

혼잣말처럼 중얼거린 말에 나카츠카사가 시선을 돌렸다. 코요는 술잔을 든 손을 조금 들어 보인다.

"치사토가 나의 품 안에 내려온 밤이다."

"아아…… 그때는 정말 놀랐습니다."

그날 밤에 곁에 있었던 나카츠카사도 그때의 일을 생각해 냈는지, 눈웃음을 지으면서 하늘을 올려다보았다. 아직 그렇게 시간이 지난 것도 아닌데, 이미 오래전 일처럼 느껴졌다.

"설마, 천인이 나타날 줄이야."

"제가 마음속에 그리던 천인은 단아하고 가녀린 사람이었습니다. 하오나 치사토님은 도저히 연약한 분은 아닙니다. 사람의 꿈이라는 것은 불확실한 것입니다."

절절히 말하는 나카츠카사에게 코요도 미소를 흘렸다. 정말 치사토는 세상 사람이 생각하는 것 같은 덧없는 존재는 아니지만, 코요에게는 무엇보다도 사랑스러운 하늘에서 내려준 아이였다.

*　　*　　*

뺨에 손가락이 닿았을 때 치사토는 흔들리는 의식을 또렷하게 되찾았다.

수치와 공포와 분노와 쾌감. 단숨에 다 품을 수 없는 감정이 단번에 습격하는 바람에 의식을 놓아버렸지만, 아무래도 생각보다 시간이 지나지 않은 것 같았다.

기척을 죽이고 코요의 동향을 살펴보자 아무래도 나카츠카사와 함께 방에서 나가려는 것 같았다. 혼자 있을 수 있겠구나 하고 안도한 치사토는 그때를 기다렸다.

"……."

한번 나갔던 나카츠카사가 다시 돌아와 이번에는 코요를 데리고 밖으로 향한다. 잠시 가만히 있던 치사토는 겨우 몸을 뒤척였다.

"……큭."

바닥에 무릎을 붙이고 엎드린 자세로 계속 흔들렸기 때문에 생각보다 다리에 부담이 간 것 같다. 안기는 데 익숙해진 하반신은 묵직하고 저린 느낌밖에 없는 게 한심하지만 우선 이 다리가 제대로 움직이지 않으면 아무것도 되지 않는다.

"아키마사 놈…… 하여간 자기 마음대로 한다니까."

지금까지도 억지로 안긴 적은 있었지만, 오늘은 거기에서 분노 같은 것을 느꼈다.

치사토가 코요에게 반발하는 일은 드물지 않고, 그런 때 그 남자는 화가 난다기보다는 항상 즐기고 있던 것 같았다.

왜 오늘 밤만 감정의 목적지가 변해 버린 것인가.

"……관두자."

그것을 생각해 봤자 뭐기 어떻게 되겠는가. 치사토는 생각을 포기하고 계속 문지르던 다리를 움직여 보았다. 아직 다소 통증이 남아 있지만 이 정도라면 달릴 수 있을 것 같다.

어디 사람이 있을지 모르기 때문에 가능한 한 발소리를 내지 않도록 미닫이 옆으로 온 치사토는 살짝 틈새를 내고 밖을 보았다. 깨끗이 손질된 정원에서 둥근 큰 달이 보였다.

'이제 슬슬……?'

시계가 없기 때문에 정확한 시간을 정한 것은 아니지만 키요시게에게는 달이 가장 높은 곳으로 올라갔을 때 부탁한다고 전했다.

지금 그가 어떤 상황에 처해 있는지 모르겠다. 어쩌면 치사토의 소원대로 움직일 수 없을 수도 있지만 그렇다고 해서 원망하는 마음은 전혀 없었다. 어느 쪽이든 움직여야 하는 것은 자기 자신이다.

치사토는 신중하게 미닫이를 닫고 이번에는 방 안쪽으로 향한다. 그곳은 코요가 일을 하는 방이며, 중간에 낮은 대가 놓여 있었다. 치사토는 그 옆에 있는 큰 찬합 같은 궤 앞에 무릎을 꿇고 살며시 뚜껑을 열었다.

"들키지 않아서 다행이야."

돗자리 아래에 숨겨져 있던 옷. 오늘은 일을 하지 않을 테니 이 뚜껑도 열지 않을 것이라고 생각했는데 아무래도 빙고였던 것 같다. 상자 안에는 붓이나 벼루 등이 들어 있었지만 이 방 안은 그런 용도로 사용하는 것처럼 여겨지는 상자가 몇 개나 있었기 때문에, 그 안에 한꺼번에 넣고, 비운 상자에 옷을 숨긴 것이다.

섹스 후 속옷 대신 입는 기모노밖에 입지 않았기 때문에 옷은 의외로 쉽게 갈아입을 수 있었다. 역시 몸에 익은 T셔츠와 반바지는 편했다. 치사토는 벗은 옷을 구석에다가 정리하고는 다시 복도 쪽 미닫이 옆으로 다가가 보았다.

'키요시게 씨…….'

한 순간이면 된다.

이 마당에 아무도 없는 상태가 되면 치사토는 과감히 밖으로 뛰어나간다. 그때 어떤 식으로 돌아가면 좋을지는 모르겠다. 하늘에서 내려왔다는 코요의 말을 믿으면 이번에는 하늘을 향해 날아가야겠지만 그것은 불가능한 일이라는 것도 알고 있다.

어쨌든 그때와 같은 상황이 되면 무슨 일이 일어날 것이다—반드시 일어날 것이다.

불확실한 것에 이렇게 매달리는 자신이 바보라는 것은 충분히 알고 있지만 치사토는 최후의 도박을 하고 싶었다.

"……어?"

그때다.

밖이 술렁이는 것 같았다.

'무슨 일이 일어났다?'

치사토는 명확하게 소리가 들리지 않기 때문에 상황을 파악하지 못하고 다시 미닫이를 열고 밖을 보았다. 그러자 복도 건너편에서 몇몇 남자들이 빠른 걸음으로 이쪽을 향해 오는 것이 보였다.

"나카츠카사님!"

그중의 한 명이 나카츠카사의 이름을 부른다. 곧 두 칸 정도 떨어진 미닫이가 활짝 열리고 나카츠카사와 코요가 모습을 드러냈다.

"무슨 일이냐."

"삼가 아뢰옵나이다!"

남자의 모습에서 심상치 않은 분위기를 감지했는지, 나카츠카사가 날카로운 어조로 묻고 있다. 달려온 남자들은 복도에 무릎을 꿇고 다급한 어조로 설명하기 시작했다.

"동문에서 누군가가 침입한 모양입니다!"

"뭐라고?"

되묻는 나카츠카사의 목소리에 긴장이 달리는 기색이 엿보였다.

"동쪽 대문이 열리고 여러 사람의 발자국도 발견되었습니다! 동문은 동향전에 가장 가깝고, 내빈 여러분에게 무슨 일이 있을지도 모른다는 우려가 있어, 카노님이 시급히 나카츠카사님을 모셔오라고 명하셨습니다!"

"폐하."

뒤돌아본 나카츠카사에게 코요는 즉시 고개를 끄덕였다.

"먼저 가라. 나도 금방 가겠다."

"아니요, 폐하께서는 여기에……."

"짐을 축하하러 입궐한 자들만 위험하게 만들 수는 없지. 카노과 협의하여 즉시 군사를 배치하라."

"존명!"

이곳에 온 몇 명의 남자들과 함께 나카츠카사가 가버리자 코요는 뭔가를 생각하는 것처럼 하늘을 노려보았다. 치사토는 깜짝 놀라 즉시 아키마사가 눕혔던 장소로 돌아왔다. 혹시 여기에 올지도 모른다고 생각했기 때문이다.

아니나 다를까, 치사토가 아까 몸에 덮여 있었던 기모노 속에 깊이 파고든 그때, 안에 들어오는 기척이 났다. 이미 옷을 입고 있는 것이 발각되지 않도록 어떻게든 잠든 척하고 있자 우려하던 것처럼 삼면이 둘러싸인 침장 속으로 들어오지는 않고, 그 입구에 발을 멈추는 기색이 났다.

"……."

"……."

등을 돌리고 눈을 감고 있지만, 가만히 이쪽을 보고 있는 코요의 시선을 느꼈다. 무엇을 생각하고 있는지 전혀 모르겠지만, 잠시 그대로의 자세로 굳어 있자 천천히 기척이 멀어지고 탁하고 미닫이가 닫히는 소리가 났다.

만전을 기하기 위해 조급한 마음을 꾹 참고 백까지 세었다. 그런 다음 몸을 일으킨 치사토는 근처의 기척을 살폈다.

'……없어……?'

정말 아무도 없다고 생각할 수는 없지만, 그래도 코요와 나카츠카사는 분명히 이곳을 떠나 동향전을 향해 가고 있을 것이다. 그렇다면 어떻게든—

"좋았어."

치사토는 깊이 심호흡을 한 후 복도로 향했다.

*　　*　　*

무슨 일이 있었던 것일까.

초조해하는 위병의 보고로는 잘 파악이 안 되어 코요는 동문으로 향했다. 가까이 다가감에 따라 위병의 수는 많아지고, 모두가 불안과 긴장을 품은 표정을 하고 있었다.

모두 코요 천황의 모습을 알아보고 한결같이 고개를 조아리고 길을 텄다. 동문에 도착했을 때는, 거기에는 먼저 향한 나카츠카사와 그 부하인 좌근중장(左近中將) 카노 아츠히코(加納敦彦)의 모습이 있었다.

"폐하."

달려온 나카츠카사는 대문을 되돌아보면서 현재 상황을 설명하기 시작했다.

"보고를 받은 대로 여기에는 몇 개의 발자국이 있습니다. 대문도 외부에서 뜯어져 나간 흔적이 있었습니다."

"모습을 본 자는?"

"없습니다. 아무래도 교대 시간의 아주 짧은 공백을 노린 모양이라……. 발자국을 발견한 사람이 이야기를 할 때까지 침입자를 눈치챈 사람은 없는 것 같습니다. 면목이 없습니다."

경비 책임자인 나카츠카사가 깊이 고개를 숙인다. 확실히 이것은 대단한 실수지만 나카츠카사를 붙들고 술잔을 주고받던 자신에게도 방심은 있었을지도 모른다.

치사토가 관련되면 아무래도 밖으로 눈길이 가지 않게

되어버린다.

나카츠카사의 보고를 들으면서 코요는 천천히 발밑에 시선을 돌렸다. 불빛을 받은 거기에는 확실히 복잡하게 섞인 발자국이 잔뜩 있다. 그러나…… 왠지 약간의 위화감이 머릿속을 스쳤다.

'이곳은 습지도 아니고 비가 온 것도 아니다. 발자국은 간단히 비벼서 지울 수 있고 나무문도 닫으면 침입을 눈치채는 것은 더 늦어졌을 것이다.'

마치 일부러 발자국을 남기거나 대문을 열어 놓은 것 같은 상태라, 그야말로 '여기를 통해 누군가가 침입했습니다' 라는 보고를 듣고 있는 것만 같았다.

게다가 오늘 거행되는 피로연에 대해서는 널리 알려져 있을 것이다. 그에 따라 경비가 엄중해지는 것은 당연히 고려할 수 있을 테고, 보통 일부러 그런 날을 골라 침입하려고 생각할까.

"……."

"폐하?"

"동향전에는 별고 없느냐?"

"그렇습니다. 다른 곳에 배치했던 자들도 시급히 소집하여 경비를 맡기고 있습니다만, 지금 현재로서는 불온한 보고는 받지 못했습니다."

카노가 단언하고, 코요는 다시 한 번 대문을 바라보았다.

'침입자를 본 사람은 한 명도 없다. 동향전에 있는 자들은 일절 관여하지 않고 여기에 있는 병사만이……!'

거기까지 생각한 순간 코요는 발길을 돌렸다.

"폐하?"

갑작스러운 코요의 행동에 나카츠카사와 병사들이 놀라 황급히 뒤를 쫓아온다.

"무슨 일이십니까?"

"치사토다!"

"네?"

"지금 광려전의 경비는 허술해졌다! 치사토는 이것을 노리고 있었던 게야!"

"!"

놀라서 숨을 삼키는 나카츠카사의 반응을 상관할 때가 아니었다.

'이놈, 치사토!'

확신은 없었다. 이 침입자 소동은 어쩌면 사실일지도 모르고, 저택 어딘가에 숨어서 기회를 엿보고 있을지도 모른다.

그러나 코요는 오늘 치사토의 반응을 보고 아무래도 지금까지의 사건과 이어서 생각하지 않을 수 없었다.

피로연은 절대로 싫다고 말한 주제에 날이 다가올수록 맥이 빠질 정도로 얌전해진 치사토.

갑자기 글자를 익히고 편지를 보낸 치사토.

갑자기 코요의 방에 가고 싶다는 말을 꺼내고, 안에서 수상쩍은 행동을 취하던 치사토.

그렇게 생각하면 자신에 대한 마음에 변화가 있었다고 생각하는 것보다 오늘 밤 뭔가를 꾸미고 있었다고 생각하는 것이 납득되었다.

"치사토님이 방금 전 일을 꾸몄다고요?"

설마 하는 생각이리라, 웬일로 나카츠카사의 목소리는 동요했다.

"모른다!"

"그러나 오늘 밤 치사토님에게는 누구든 반드시 따라다니고 있었습니다! 대문이나 발자국 공작을 할 여유는……!"

"누구에게 부탁하면 못할 것도 없겠지!"

실제로 치사토가 거기 가지 않아도 자유롭게 움직일 수 있는 인간이 공작하는 것은 손쉬운 일이다.

실제로 누군가를 처치하는 것도 아니다. 그냥 문을 열고 발자국을 내기만 하면 된다. 그것도 경비하던 중간에 했는지도 모른다, 실수로 문 닫는 걸 잊었을 뿐이라고 말하면 평소라면 질책을 받고 시말서를 쓰게 하는 정도로 끝나는 이야기인지도 모른다.

"폐하께서는 설마!"

코요가 머릿속에서 누구를 협력자로 생각하고 있는지 알았는지, 나카츠카사는 멍하니 중얼거렸다. 설마 여기에서 이름을 낼 수는 없었던 것이다.

'그래, 그놈밖에 없지!'

황제에게 등을 돌려서라도 치사토에 협력하겠다고 생각할 만한 자는 키요시게밖에 없다. 코요 천황이 지배하는 이 침전에서 치사토의 아군이 될 수 있는 것은 그 남자뿐이었다.

"경비는?"

"몇 명 남기고 왔습니다!"

코요 천황의 사저인 광려전은 평소부터 삼엄한 경비가 깔려 있다. 하지만 오늘은 특별한 잔치가 있어서 평상시의 태세와는 달랐다.

게다가 방금 전 침입자가 있다는 보고를 받고 자신도 나카츠카사도 평소답지 않게 동요했다. 그 모습을 본 나머지 병사들도 우왕좌왕할 가능성은 있다.

치사토가 어떤 식으로 도망칠 작정인지는 전혀 모르겠지만 만약 늦는다면—그야말로 다시는 품에 안을 수 없게 되는 것은 아닐까 두려웠다.

수십 명의 위병들을 데리고 건널복도를 달리는 코요의 모습은 이상하게 비쳤으리라. 오가는 궁녀나 쉬고 있던 귀족, 아직 아무것도 모르는 위병들도 한결같이 놀란 표정으로 이쪽을 보고 있다.

'치사토!'

그런 시선은 일절 눈에 들어오지 않고, 코요는 광려전에, 치사토에게로 서둘러 갔다. 자신의 의혹이 단순한 헛수고라면 좋다. 지금도 치사토는 자신의 침장에 누워 있을 것이다.

의혹과 기대.

상반되는 감정을 품은 채 광려전으로 돌아온 코요는 그대로 자신의 내실을 향해 발을 멈추지 않았다.

*　　　*　　　*

복도에 나오자 거기는 조용했다.

그러나 언제 코요가 돌아올지 모른다. 치사토는 가능한 한 몸을 숨기려고 숙이고, 맨발로 정원으로 내려왔다. 자갈이 깔려 있는 그곳을 맨발로 밟으면 조금 아프지만 신발을 찾을 시간은 없다.

아무래도 키요시게는 치사토의 소원대로 달이 가장 높이

뜬 시간에 소동을 일으켜 준 모양이다. 들통 난 후에도 그가 문책당하지 않을 정도로 작은 소동이면 된다고 말했는데, 도대체 무엇을 한 걸까.

'……아키마사, 화내겠지…….'

그 남자는 수단방법을 가리지 않고 자신으로부터 도망가려고 생각한 치사토를 용서하지 않을 것이다. 만약 이대로 원래 세계로 돌아갈 수 없다면 그야말로 감금되어 맹렬히 몰아세울지도 모른다. 그래도 오늘 뭔가 하지 않을 수는 없었다.

"……."

나무 사이로 경비를 하고 있는 두 사람의 모습이 보였다. 하지만 아무래도 소동이 신경 쓰이는지 그 시선은 동향전을 향하고 있다.

치사토는 세심한 주의를 기울이면서 정원의 중앙으로 향했다. 달빛이 제일 잘 닿는 그곳은 코요가 가르쳐 준, 자신이 이 세계에 떨어져 내린 곳이다. 주변에는 작은 연못도 있어서 조금 쌀쌀한 느낌이 들었다.

하늘을 올려다봐도 변화는 전혀 보이지 않았다. 당연히 하늘에서 계단 따위는 나타나지 않았으며 몸이 뜨는 것 같은 현상도 일어나지 않는다.

'정말 돌아갈 수 있을까……?'

멍하니 여기에 서서 달을 바라보고 있기만 해도 원래 세계로 돌아갈 수 있는 것일까.

일이 분일까, 아니면 좀 더 긴 시간일까?

몸을 굽힌 채 가만히 있던 치사토는,

"치사토!"

"……"

분노를 담아 자신을 부르는 소리에 반사적으로 일어나고 말았다.

"치사토!"

시선을 돌린 곳에서는 코요가 복도에서 정원으로 뛰어내린 참이며, 그 뒤에는 나카츠카사 외에 수십 명의 남자들까지도 와 있었다.

좀 더 시간에 여유가 있으리라고 생각했지만 아무래도 코요는 치사토의 계략을 알아차린 것 같다. 무엇을 하려고 하는지까지 모르겠지만, 그래도 이렇게 무서운 얼굴을 한 채로 꿰뚫는 듯한 날카로운 눈빛으로 보는 것은 지울 수 없는 의혹이 있기 때문이리라.

"치사토."

치사토는 연못을 끼고 코요와 마주 보는 모양이 되었다.

"……그 옷은 어떻게 한 거야."

"……"

"스스로 찾았느냐."

치사토가 여기에 왔을 때의 옷을 입고 있었다는 것을 비난하는 것 같은 말투에, 사태의 급 전개에 긴장했던 치사토의 입술이 자연스럽게 열렸다.

"이건 내 거잖아! 돌려달라고 말해도 듣지 않았던 네가 잘못한 거야!"

"무엇을 꾸미고 있느냐."

코요는 치사토의 반론에도 전혀 동요하는 모습도 보이지 않고 거듭 따지듯이 말했다. 말과 동시에 천천히 이쪽을 향해 오는 것을 보고 치사토는 양손을 꼭 쥐고 노려보았다.

"아직 하늘로 돌아가고 싶다는 생각을 하는 거냐."

"도, 돌아가고 싶다고 생각하는 것은 당연하잖아! 나는 이 세계의 인간이 아니야!"

"너는 이미 내 아내다. 내 옆 이외에 돌아갈 곳은 없다"

"있어!"

"치사토."

코요는 큰 한숨을 쉬었다. 마치 변덕스러운 아이들을 상대하는 것 같은 태도에 치사토는 머리에 피가 치솟아 올랐다.

"난 너랑 결혼 따위하고 싶지 않았어! 네가 억지로 나

를……! 나는, 나는!"

"치사토."

흥분하는 치사토와 반대로 코요는 묘하게 침착한 분위기로, 경계하는 낌새도 보이지 않고 다가온다. 그것이 무서워서 고개를 흔들었을 때,

"아……!"

갑자기 주위가 방금보다 밝아졌다.

고개를 번쩍 든 치사토는 숨을 삼켰다. 달빛이라고 할 수 없을 정도로 태양처럼 눈부신 빛이 마치 한줄기 길처럼 연못을 비추고 있었다.

"경계하라!"

무슨 일이 일어났는지 치사토와 마찬가지로 모르는 것 같은 코요도 즉시 주위에 명령하고 그와 동시에 손을 내밀었다.

"치사토, 이쪽으로 와라!"

이제 몇 미터면 잡히고 만다.

"치사토!"

"치사토님!"

"이쪽으로!"

차례차례로 말을 걸어오는 주위에 치사토는 잠깐 눈을 감았다. 마음속에 복잡한 생각은 남아 있다. 모두가 걱정해

주는 것도 알 수 있다.

그래도.

"!"

치사토는 달이 비추고 있는 연못으로 들어갔다.

궤 속으로 떨어져서 이 세계에 왔듯이, 어쩌면 이 빛 속으로 들어가 버리면 무슨 일이 일어날지도 모른다.

"우왁?"

'뭐, 뭐야?'

연못이라고 해도 정원에 만들어진 것이다, 그렇게 깊을 리가 없는데, 디딘 발끝이 연못의 바닥에 닿지 않고 안으로 쑥 끌려 들어가는 감각이 몸을 에워쌌다. 이대로는 머리끝까지 빨려 들어가 버린다.

"아우욱!"

각오를 다지고 발을 디딘 건데 익사할지도 모른다고 생각하자 갑자기 공포심이 엄습했다. 무의식적으로 뭔가를 잡으려고 뻗은 손가락이 부드러운 것에 닿자, 치사토는 필사적으로 시선을 보냈다.

"치사토!"

"아, 아키……!"

단단히 손을 잡은 코요가 치사토에 이끌리듯 함께 연못에 들어와 있었다.

"폐하!"

"폐하, 이쪽으로!"

"치사토!"

나카츠카사와 수많은 남자들도 입을 모아 고함치면서 구하려고 했지만, 왠지 달빛에 가로막힌 것처럼 들어오지 못했다.

"손, 손을……."

손을 놓아달라고 말하고 싶은데 이미 연못 속에 가라앉아 말이 나오지 않는다.

이대로는 코요도 위험하다.

어쩌면…… 죽을지도 모른다. 자신이야 원해서 행동했지만 코요는 아무 상관이 없다.

코요 천황은 이 세계에 없으면 안 되는 존재다. 그를 길동무로 삼을 수는 없었다.

'놓으라고……!'

마음먹은 대로 움직일 수 없는 물속에서 치사토는 어떻게든 다른 손으로 자신을 붙든 손을 풀려고 하지만, 굳게 잡은 코요의 손은 놓으려 들지 않는다.

'아키마사…….'

깊은 밤, 시야가 전혀 확보되지 않았을 연못 속에서 코요의 얼굴이 보였다. 필사적으로 치사토를 도우려고 하는 눈빛이 가슴 아프다.

이렇게 자신을 사랑해 주는 상대를 떼어놓고 가려고 한 것이다. 치사토는 그 행동을 후회하고 있는지 어떤지 모르는 채 그대로 의식을 놓아버렸다.

*　　*　　*

몸이 차갑다.

추워서 참지 못하고 무의식적으로 몸을 껴안으려 한 치사토는 문득 등에 단단한 느낌을 받고 움직임을 멈췄다.

'나, 연못 속에…….'

분명, 연못 속으로 들어가 그대로 가라앉았다. 잘되면 구조되고 최악의 경우 죽었을지도 모르는 상황. 속수무책인 자신의 어리석은 행동에 지금은 한숨밖에 나오지 않는다.

몸에 느껴지는 감촉은 나무 바닥 같다. 또 마츠카제의 잔소리를 듣게 될까. 아니, 그것보다 코요는 괜찮을까. 치사토보다 훨씬 튼튼한 남자를 걱정하는 것도 이상한 이야기이지만 그래도 이번 일은 모두 치사토 탓이기 때문에 사과해야 한다.

호되게 야단맞는 것도 어쩔 수 없다.

'원래 세계로 돌아가는 건…… 무리였구나.'

또 다시 그 헤이안 시대와 비슷한 세계로 돌아와 버렸다. 단념하는 수밖에 없다…… 치사토는 그렇게 생각하면서 천천히 눈을 떴다.

"……어?"

제일 먼저 눈에 들어온 것은 황갈색으로 변화한 판자 천장이다. 화려한 장식은 없고 길쭉한 형광등이 달린…….

"형광등?"

그 세계에 형광등 같은 것은 없었다. 치사토는 벌떡 일어나 동요하는 마음을 안고 주위를 둘러보았다.

낮이라도 어두어둑하고 서늘한 공기가 지배하는 곳.

긴 세월을 거쳐 낡아버린 천정과 벽과 바닥.

쌓여 있는, 무수한 수의 낡은 책.

곰팡냄새가 나는 상한 책.

어울리지 않을 정도로 깨끗하게 옻칠을 입힌, 뚜껑 달린 직사각형 큰 상자.

의심할 여지가 없다. 이곳은 시골 할머니 댁의 창고다. 치사토가 좋아해서 언제나 오래도록 지내던 곳이었다.

"……돌아왔어……."

이제 코요와 만날 일은 없다. 남자에게 안긴 것은 다 잊고 다시 원래의 생활을 보낸다.

기쁨밖에 없을 텐데 한순간 복잡한 마음이 가슴속을 스쳤다. 정말 이러면 좋았던 것일까 하고 머리의 어딘가에서 누군가가 질문을 던졌다. 하지만 그런 것은 이제 와서 말해봤자 소용없다. 돌아가고 싶다고 희망했기에 지금 여기에 있다. 치사토는 자신의 몸을 내려다보았다. 연못에 들어간 것이 꿈이 아니었다는 증거로 입고 있던 셔츠도 반바지도 젖어 있다.

노출된 팔과 다리에 찰과상은 있지만 큰 부상은 입지 않은 것 같다.

객관적인 사실이 거기에 있었지만 왠지 길디 긴 꿈을 꾼 듯한 느낌이 들었다.

후우 숨을 내쉰 후 치사토는 작은 창밖을 보았다. 아무래도 저녁 같지만 지금이 언제인지 모르겠다.

저쪽 세계에 가고 나서 적어도 보름은 지났다. 가족들에게 얼마나 걱정을 끼쳤을까, 혹시 경찰에 수색원이 접수된 것은 아닐까.

지금까지 무엇을 하고 있었는지 물어봐도 설마 다른 세계에 가 있었다고 설명할 수 있을 리가 만무하다. 말하더라도 믿어주지 않을 테고, 앞으로 벌어질 소동을 생각하면 왠지 말할 수 없는 기분이 되지만, 어쨌든 가족들에게 얼굴을 보이고 안심시켜야 한다. 그런 생각을 하면서 일어선 치사토는 변화한 시야 안에 선명한 색을 보았다.

"어?"

창고 안에 있을 리가 없는 색상.

가슴이 두근거리고 젖은 옷과는 다른 축축한 식은땀이 다시 등에 흘렀다.

'설마…….'

시선을 피하고 싶은데 확인하지 않고서는 견딜 수 없었다.

심장이 시끄러울 정도로 격렬하게 뛰고 있는 것을 알 수 있다. 천천히 기둣이 큰 상자의 반대편을 향해 간 치사토는,

"!"

거기서 여기에 있어서는 안 되는 인물을 발견하고 숨을 삼켰다.

"아, 키, 마사?"

바닥에 아까 봤을 때와 같은 기모노 차림의 코요가 쓰러져 있었다. 머리에 쓰고 있던 모자는 벗겨지고 흐트러진 머리카락이 얼굴에 붙어 있었지만, 거기에 있는 것은 확실하게 그 세계의 천황, 아키마사였다.

'나와 함께 여기에 와버린 거야?'

그런 일이 있을 리가 없다고 무시하고 싶은데 정작 본인

이 있다는 이 상황을 어떻게 이해해야 될까.

아니, 복잡하게 생각하는 것은 치사토뿐일지도 모른다.

치사토가 저쪽으로 갈 수 있었다. 그쪽의 사람이 이쪽으로 오는 일이 있어도 당연히 이상하지 않다……. 하지만, 하지만—

"아, 아키마사."

어쨌든, 무사한지 어떤지 확인하기 위해 치사토는 어깨를 흔들었다.

"아키마사."

여러 번 이름을 부르는 희미한 반응과 함께 코요가 눈을 떴다.

"치사토?"

정신을 차린 데 안도한 치사토는 한심할 정도로 울고 싶어졌다.

멍하니 들린 목소리에 고개를 끄덕이자 코요는 곧 일어났다. 빈틈없는 움직임으로 허리에 차고 있던 작은 칼을 잡고 경계하듯이 주위를 둘러보던 코요는 곧 그 표정 속에 놀라운 기색을 띄우면서 치사토에게 물어왔다.

"여기가 어디냐."

"……할머니네 집."

"뭐?"

"여기, 내가 살고 있던 세계야."

"네가 살던? 그렇다면 여기는 천계인가……?"

아뇨, 일본입니다.

마음속으로 대답했지만 치사토도 이 상황을 어떻게 판단해야 할지 모르고 어리둥절한 상태였다.

다만 알고 있는 것은 코요가 치사토가 사는 세계에 왔다는 것뿐이다.

"나는 살아 있는가?"

"응."

"……너는 다친 데가 없느냐?"

"……응."

코요는 연못에 들어가서 익사할 뻔한 치사토를 도우려고 해준 것이다. 결과적으로 치사토는 돌아올 수 있었지만 이번에는 코요까지 끌어들이고 말았다. 저쪽 세계에서는 최고의 지위에 있는 사람이다, 얼마나 혼란스러울까.

"어쩌지……."

"치사토."

치사토가 저쪽 세계에서 코요 천황의 비호를 받았듯이 이번에는 자신이 이 남자를 지켜야 하는 것일까.

자신이 돌아올 수 있던 것처럼 이 사람을 저쪽 세계에 돌려보낼 수 있을까.

그 어느 것에도 대답은 나오지 않은 채, 치사토는 칼을 쥐고 경계를 풀지 않는 코요를 그저 응시하는 수밖에 없었다.

『십오야(十五夜)의 귀환』 끝

작가 후기

이 타이틀로는 조금 오래간만에 찾아뵈었습니다, 치코입니다. 이번에는 『이연~십오야(十五夜)의 귀환~』을 선택해 주셔서 감사합니다.

이야, 4권까지 내고서 할 말은 아니지만, 솔직히 여기까지 지속될 줄은 몰라서 저 자신도 놀라고 있다고 할까…… 아니, 아직 좀 더 계속되지만요(땀).

지난번에도 마침 가경에서 끝났는데, 이번에도 '이보쇼, 거기서 끊냐?' 싶은 곳에서 다음 권으로 넘어가게 되었습니다. 텔레비전처럼 다음 주에 볼 수 있는 것도 아닌지라

상당히 뜸 들이는 꼴이 되어버리네요. 죄송합니다(땀).

4권은 거의 피로연 하루 동안의 이야기입니다. 가능한 한 시점은 치사토와 코요 둘로만 하고 싶었지만 두 사람이 모르는 곳에서 무슨 일이 일어나고 있는지, 여러분도 이야기의 방관자로서 알아주셨으면 해서, 몇몇 다른 시점이 조금씩 끼어 있습니다. 읽기 어려운 분들도 계실 거라고 생각하지만 부디 그것을 포함해서 즐겨주셨으면 좋겠네요.

엉터리 헤이안 시대, 태클 걸고 싶은 부분이 산처럼 많은 이야기도 여기까지 오면 익숙해 지지 않았을지…… 라고 자기 입맛에 맞는 해석을 하면서 이번에도 마지막까지 열심히 달려서 썼습니다.

여기까지 오면, 역시 각각의 등장인물에 애착을 느끼고 있습니다. 모두 행복하게 만들고 싶은 마음은 가득! 특히 좀처럼 보답받지 못하는 코요는 한시라도 빨리 치사토와 러브러브한 시간을 보내게 하고 싶은데—과연(쓴웃음).

다음부터는 무대도 바뀌고 두 사람을 둘러싼 상황도 일변. 게다가 새로운 등장인물이 나올지도 모릅니다. 그럼에도 불구하고 치사토와 코요의 관계는 근본적으로 변하지 않을 것 같아~ 라고 생각하고 있습니다.

그리고 지난번 후기에서 쓴 것처럼 고양이 '아키' 도 내보낼 수 있어서 만족했습니다. 더욱더 활약하게 하고 싶었지만 주역은 그가 아니니까요(웃음). 다음에 내보낼 때는 이번보다 더 활약시키고 싶습니다.

삽화는 아사히코 선생님. 이번에도 멋진 일러스트를 주셔서 감사합니다. 치사토의 신부 모습도 볼 수 있었고(웃음), 또 다시 행복에 잠겼습니다.

매번 기모노를 잘도 이렇게 예쁘게 그리시네, 라고 절절히 생각하면서, 이제 이 두 사람은 아사히코 선생님 이외는 그릴 수 없어! 라고 확신합니다. 선생님, 질리지 말고 앞으로도 멋있고 사랑스러운 두 사람을 그려주세요.

처음에도 썼지만, 이제 시리즈 네 번째 책입니다. 원래 딱 떨어지게 5권에서 끝낼 생각이었는데, 아무래도 그렇게 잘되지 않는달까, 생각보다 주인공 두 사람이 고집불통이라 이야기가 움직여 주지 않는달까…….

지금 시점의 예정으로는 여섯 권으로 끝납…… 니다, 아마도. 어쨌든 해피엔딩 주의이므로, 물론 라스트는 대단원. 단, 주역 두 사람한테는 과연? 싶은 느낌이지만요.

조금만 더 이 시끌벅적 러브스토리를 함께해 주세요.

chi-co

홈페이지: 《your song》

http://chi-co.sakura.ne.jp/

역자 후기

안녕하십니까.

이번부터 바톤을 이어받아 번역을 하게 되었습니다.

활력 넘치고 남성적인 에도 시대, 우아하고 귀족적인 헤이안 시대를 가리지 않고 좋아해서 평소부터 중세, 근세 문학을 이것저것 살펴보긴 했지만, 막상 옮기려 하니 큰 벽에 가로막혔습니다. 아뿔싸…… 저는 텔레비전 사극도 소설도 거의 보지 않는 사람이었습니다.

말을 옮기는 데 있어서 제일 중요한 것이 모국어라는 것을 새삼 깨닫고는, 궁중용어를 조사하면서 이전에 번역된

1~3권을 샅샅이 읽고 분위기를 최대한 맞추려 했는데 과연 어땠을지요.

그나저나 이 작품의 등장인물들은 모두 좋은 걸 먹고 보고 자란 지체 높은 분이라 그런지 하나같이 미남 미녀라 눈이 즐겁네요. 관대하고 열정적인 코요, 성실하고 은근히 배려심 많은 나카츠카사, 신경질적이고 삐딱한 키요시게, 이 중 하나를 고를 수 없을 정도로 다들 매력적이라, 『이연』이 연애 게임이 되어 나온다면 좋겠다는 생각도 들었습니다. 이왕이면 모든 사람을 손안에 넣을 수 있는 팜므파탈, 아니, 옴므파탈 루트를 이렇게 저렇게…….

아니, 애초에 치사토가 그렇게 재주 좋은 인물이라면 코요의 눈에 들지도 않았겠지만요.

다음 권은 현대를 무대로 하여 이야기가 펼쳐지는 모양입니다. 치사토와 코요의 관계는 근본적으로 변하지 않는다는 작가 선생님의 한마디가 마음에 걸리지만, 서로를 짝사랑하는 두 사람이 이 시대에서는 과연 사랑을 확인할 수 있을지, 함께 지켜보고 싶습니다!

인단비